PUBLICATIONS

DE

L'ÉCOLE DES LANGUES ORIENTALES VIVANTES

IIe SÉRIE. — VOLUME XI (Fascicule I)

pour le fasc. 2
Voir IIIe série Vol. 5

LES MANUSCRITS ARABES DE L'ESCURIAL

TOME SECOND

Fascicule I

CHALON-SUR-SAÔNE, IMP. FRANÇAISE ET ORIENTALE DE E. BERTRAND

LES

MANUSCRITS ARABES

DE L'ESCURIAL

DÉCRITS

PAR

HARTWIG DERENBOURG

MEMBRE DE L'INSTITUT

TOME SECOND

FASCICULE I

MORALE ET POLITIQUE

PARIS

ERNEST LEROUX, ÉDITEUR

28, RUE BONAPARTE, 28

1903

OBSERVATIONS CRITIQUES

SUR

LES MANUSCRITS ARABES DE L'ESCURIAL

En octobre 1899, l'auteur, l'éditeur et l'imprimeur furent autorisés à détacher le fascicule premier du tome second pour en faire hommage au XIIe Congrès international des orientalistes (session de Rome). Si la publication effective a été retardée jusqu'à ce jour[1], c'est que l'auteur espérait alors l'achèvement prochain de l'ouvrage entrepris depuis si longtemps et dont le tome premier a paru en 1884. Il a été entraîné depuis lors dans d'autres travaux non moins urgents, qui l'ont absorbé sans lui laisser ni trêve, ni loisir. De plus, il avait l'arrière-pensée, dont il est encore hanté, qu'un second voyage scientifique en Espagne profiterait à la revision de ses notes hâtives, par endroits insuffisantes, souvent écourtées. Si ce rêve devenait réalité, j'assumerais la tâche qui m'incombe avec plus de résolution et de confiance.

On a vite compté les lecteurs qui prennent souci des additions et corrections reléguées à la fin des livres. Ce sont des soulagements pour la conscience de ceux qui les ont écrits que ces confessions *in extremis*, ce sont des rectifications condamnées à passer inaperçues, sans que la

1. La plaquette, tirée alors à six exemplaires avec un « titre provisoire », a été communiquée par moi à M. Carl Brockelmann, qui en a tiré parti dans son Histoire de la littérature arabe.

critique en tienne aucun compte. Je vais essayer si je serai plus écouté avec ces notules initiales, dont je pourrais multiplier le nombre et qui laissent la porte ouverte à des compléments ultérieurs.

TOME PREMIER. — P. XXXI. J'avais émis, en m'excusant de ma témérité, la conjecture que le *Licentiatus Castillius*, l'auteur du vieux catalogue de 261 manuscrits arabes décrits par lui en 1583 comme existant « dans la Bibliothèque Laurentienne à l'Escurial du Roi catholique » pourrait être le mathématicien qui se nomme en tête de l'un de ses ouvrages « el licenciado Diego del Castillo, natural de la ciudad de Molina ». Mon illustre confrère, D. Eduardo Saavedra, s'empressa de rectifier mon erreur et de m'indiquer le tome III du *Memorial historico español* (Madrid, 1852) qui me renseignerait sur l'identité de ce personnage. Il est sans conteste « El licenciado[1] Alonso del Castillo, romançador[2] del Santo Officio », interprète de Philippe II, avant et après la guerre qu'il entreprit contre les Morisques de Grenade[3], le premier savant qui ait déchiffré et traduit (1582) les

1. « Licenciado en medicina » de l'Université de Grenade, selon le *Memorial historico español*, III, p. 4.

2. C'est-à-dire « traducteur en langue romance » ou « romane ».

3. Les premières mesures prises par Philippe II contre les Morisques datent de 1559-1560. Mais la guerre ne commença qu'en 1568, lorsque le 15 avril le marquis de Mondéjar parvint à Grenade. La campagne contre les Morisques de Grenade fut menée par lui en décembre 1568 et en janvier 1569 et terminée par Don Juan d'Autriche en 1570. Voir Lafuente, *Historia general de España*, 2e éd. (Madrid, 1869), VII, p. 143, 149, 217-258 ; H. Forneron, *Histoire de Philippe II*, II (Paris, 1881), p. 150-190 ; Morel-Fatio, *L'Espagne aux XVIe et XVIIe siècles* (Heilbronn, 1878), p. 1-96 ; H. C. Lea, *The Moriscos of Spain* (Philadelphia, 1901), p. 234-259. Je me contente de signaler P. Boronat y Barrachina, *Los Moriscos españoles y su expulsión*, Valencia, 1901, 2 vol.

inscriptions arabes de Grenade et en particulier de l'Alhambra[1]. Son *Cartulario* original, conservé à la Bibliothèque de l'Académie de l'histoire à Madrid, a été publié par cette compagnie dans le *Memorial*, III, p. 1-164.

Page 1, manuscrit 1. Le défunt Père Fray Augustin Juan Lazcano, qui a été pendant plusieurs années bibliothécaire de l'Escurial, a publié une notice sur cet exemplaire dans *La Ciudad de Dios*, XLI (Madrid, 1896), p. 418-428. Depuis 1884 ont été terminées mon édition du texte arabe du *Livre de Sîbawaihi* (Paris, 1881-1889, 2 vol.) et la traduction allemande de M. G. Jahn (Berlin, 1894-1900, 30 livraisons). L'École des langues orientales de Paris possède une édition très incorrecte du *Kitâb* de Sîbawaihi, publiée à Calcutta en 1887. L'édition de Boûlâḳ (1316-1318 = 1898-1900; cf. *Orientalische Bibliographie,* XIV, p. 332, n° 5939) est une réimpression, pour ne pas dire une contrefaçon de mon édition, comme j'ai eu l'occasion de le faire remarquer dans la *Revue critique* de 1902, I, p. 171.

Page 2, manuscrit 4. Voir le P. Lazcano dans *La Ciudad de Dios*, XLIV (1897), p. 341-345.

Page 4, manuscrit 4. Id., *ibid.*, XLIV (1897), p. 598-600.

Page 5, manuscrit 5. Id., *ibid.*, XLIV (1897), p. 604-605.

1. Girault de Prangey, *Essai sur l'architecture des Arabes et des Mores en Espagne, en Sicile et en Barbarie* (Paris, 1841, p. 141), a donné l'historique du déchiffrement. Un manuscrit autographe du licencié Alonzo est à la Bibliothèque Nationale de Madrid sous la cote T. 257 d'après Leopoldo Eguilaz, dans A. Almagro Cardenas, *Inscripciones arabes de Granada* (Granada, 1879), p. v. Je ne sais pas si ce manuscrit est le même que l'autographe d'Alonso del Castillo (321 fol. in-4°), décrit sous le n° DXCVIII dans F. Guillen Robles, *Catálogo de los manuscritos árabes existentes en la Biblioteca Nacional de Madrid* (Madrid, 1889), p. 244-245.

Page 10, manuscrit 12. Id., *ibid.*, XLIV (1897), p. 603-604.

Page 10, manuscrit 13. Id., *ibid.*, XLVII (1898), p. 300-309.

Page 11, manuscrit 14. Id., *ibid.*, XLVII (1898), p. 309-311. En dehors des sources d'informations sur Badr ad-Dîn Maḥmoûd Al-ʿAini énumérées par Brockelmann, *Arabische Litteratur*, II, p. 53[1], voir la notice intéressante de Slane, dans *Historiens arabes des croisades, Introduction*, p. XLIV-XLV; cf. les extraits de son *Collier de perles*, *ibid.*, II, 1, p. 181-252. Rédaction abrégée à l'Escurial dans le manuscrit 142, 2°, sur lequel voir le P. Lazcano dans *La Ciudad de Dios*, XLVII (1898), p. 311-312.

Page 16, manuscrit 22. Ce manuscrit a servi de base à K. W. Zettersteen, *Die Alftje des Ibn Muʿṭî* (Leipzig, 1900), où ont été aussi utilisés les manuscrits 9, 23 et 195, 3°.

Page 22, manuscrit 30, 3°. Cf. p. 88, manuscrit 143, 4°. Rectifiez ces notices d'après II, p. 7 et 8, manuscrit 718, 2°.

Page 23, manuscrit 32. Dans le nom du poète, lisez Al-Makkoûdi (de même, mss. 6, 2°; 7, 1°; 136; 199) et, au premier vers, corrigez مجر en نجد d'après le manuscrit CLXXXVI, 3°, de Madrid (ancien Gg 209), collationné sur l'original de l'auteur, et où le titre est donné plus complètement : المقصورة النبويّه ، على مدح خير البريّه.

Page 25, manuscrit 34. J'ai publié récemment la notice de ʿImâd ad-Dîn, *Kharîdat al-ḳaṣr*, sur Naschwân Al-Ḥimyarî dans *ʿOumâra du Yémen*, II (partie arabe), p. 601-603; cf. mon *Avant-propos*, p. XXIII et XXIV, note 1.

Page 26, manuscrit 35. D. Francisco Codera, dans *La Ciudad de Dios*, XXXIX (1896), p. 21, a constaté des lacunes dans ce manuscrit.

1. Les manuscrits de Paris sont 1542-1544 et non 1842-1844.

Page 26, manuscrit 36. Voir le P. Lazcano, *ibid.*, XLII (1897), p. 345-347.

Page 27, manuscrit 37. L'encyclopédie philologique d'As-Soyoûṭî ne s'appelle pas *Al-Mizhar* « le luth », comme je l'ai longtemps supposé, mais le titre doit en être vocalisé *Al-Mouzhir* « le parterre fleuri », dont la synonymie avec le titre de la grammaire hébraïque *Al-Louma'* d'Ibn Djanâḥ est d'une singulière coïncidence[1]. J'ajouterai que le titre du manuscrit 280, p. 171, doit de même être traduit : « Le théâtre des poètes et le jardin fleuri des émirs. » Voir A. Fischer, *Muzhir oder Mizhar*, dans la *Zeitschrift d. d. morg. Gesellschaft,* LIV (1900), p. 548-554. Deux autres exemplaires du *Mouzhir* se trouvent dans les manuscrits 241 et 1831.

Page 32, manuscrit 47, 1°. Le texte commenté se trouve dans le manuscrit 788, 7°.

Pages 44-45, manuscrits 70-73. Voir le P. Lazcano dans *La Ciudad de Dios*, XLIV (1897), p. 600-602.

Page 50, manuscrit 83, 4°. Ce manuscrit a été mis à contribution, ainsi que 193, par M. Seybold, dans son excellente édition du texte (Leyde, 1886). Il n'a pas connu l'exemplaire d'Alger (Fagnan, *Catalogue*, p. 249, n° 898, 4°).

Page 66, manuscrit 107, 6° et 7°. Corrigez ألكل les deux fois en آكل, comme l'a indiqué M. C. Brockelmann dans son *Arabische Litteratur*, II, p. 115.

Page 91, manuscrit 150. Manuscrit en complet désordre d'après D. Francisco Codera dans *La Ciudad de Dios*, XXXIX (1896), p. 21.

1. *Le Livre des parterres fleuris*. Grammaire hébraïque en arabe d'Abou 'l-Walid Merwan Ibn Djanah de Cordoue, publiée par J. Derenbourg, Paris, 1866 ; vol. 66 de la Bibliothèque de l'École des hautes études (section des sciences historiques et philologiques).

Page 113, manuscrit 190. Voir le P. Lazcano, *ibid.*, XLII (1897), p. 347-348.

Page 123, manuscrit 211. Le désordre du manuscrit est signalé par Codera, *ibid.*, XXXIX (1896), p. 21.

Page 147, manuscrit 242. Je ne maintiens pas la date de 310 (922), que j'ai donnée pour la mort d'Aboû 'l-Faradj Ḳoudâma ibn Dja'far et que je retrouve dans C. Brockelmann, *Arabische Litteratur*, I, p. 228. C'est 337 (958) qu'il faut lire; cf. Ibn Tagrîbardî, *An-Noudjoûm* (éd. Juynboll), II, p. 323; Reinaud, *Géographie d'Aboulféda*, p. LX et LXXXIV ; Hammer, *Literaturgeschichte der Araber*, V, p. 326; De Goeje, *Bibliotheca geographorum arabicorum*, VI, p. 22; Hartwig Derenbourg, *Les Manuscrits arabes de la Collection Schefer*, p. 46.

Page 148, ligne 21, Lisez قراءة.

Pages 149 et 150, manuscrit 245. Le nom de l'auteur de 1° doit être lu Ibn Ḳorḳmâs, comme je l'ai fait avec raison à propos du manuscrit 127, un autre de ses ouvrages. — Quant à 2°, il a été composé par Al-Malik Al-Afḍal Al-'Abbâs, roi Rasoûlide du Yémen de 764 à 778 (1363-1376); cf. Stanley Lane-Poole, *The Mohammedan Dynasties*, p. 99-100; Brockelmann, *Arabische Litteratur*, II, p. 184. L'ouvrage est peut-être identique à celui qui est annoncé avec un titre analogue dans le Catalogue de la Bibliothèque Khédiviale du Caire, V, p. 129.

Page 158, manuscrit 248, 11°. Autre exemplaire dans le manuscrit 908, 18°.

Page 165, manuscrit 271. Le désordre de ce manuscrit est attesté par Codera, dans *La Ciudad de Dios*, XXXIX (1896), p. 21. Je ne l'aurais pas soupçonné d'après les notices consacrées à cet exemplaire (cf. 406, 1°), par Karl Dyroff, *Zur Geschichte der Ueberlieferung des Zuhairdiwans*, München, 1892, p. 5, 13, 14, 22-24. Voir aussi le beau mémoire de Th. Noldeke, *Die Mo'allaqa Zuhair's* (Wien, 1901), p. 2-4.

Page 167, manuscrit 273. On trouvera une remarquable biographie d'Aboû 'l-'Alâ Al-Ma'arrî en tête (p. I-XLII) de D. S. Margoliouth, *The Letters of Abu 'l-Alâ*, Oxford, 1898. Un ouvrage d'Aboû 'l-'Alâ, qui a passé inaperçu pour MM. Margoliouth et Brockelmann, est son livre intitulé *Al-Ḳâ'if* « le Divinateur », cité par Ousâma dans son *Kitâb al-'aṣâ;* voir ma *Vie d'Ousâma*, p. 511. Autre exemplaire du *dîwân* dans le manuscrit 435.

Page 172, manuscrit 281. Ma note sur ce manuscrit (p. 520-521) a échappé à M. Brockelmann, qui n'aurait pas manqué de le citer dans son *Arabische Litteratur*, I, p. 288, comme un second exemplaire de l'ouvrage contenu dans Vienne 84, 1°.

Pages 174 et 175. Sur cet ouvrage et les manuscrits du Caire omis par Brockelmann, *Arabische Litteratur*, III, p. 141, voir mes *Manuscrits arabes de la Collection Schefer*, p. 42-43. Les manuscrits de Paris portent maintenant les n°s 2325-2329, 5867, 5868, 5870 et 5962.

Pages 178 et 179, manuscrits 290 et 291. Aboû 'Alî n'est pas ici Al-Ḥasan ibn Aḥmad Al-Fârisî, comme je l'avais supposé, mais l'auteur des *Amâlî* (manuscrits 359 et 1667) Aboû 'Alî Ismâ'îl ibn Al-Ḳâsim Al-Ḳâlî Al-Bagdâdhî, mort en 356 (967); cf. le manuscrit 415, non 418, comme il a été imprimé dans Brockelmann, *Arabische Litteratur*, I, p. 85. Il convient dès lors d'y supprimer, comme faisant double emploi, le personnage fictif imaginé, I, p. 324, n° 5.

Page 179, manuscrit 292. Mes réserves sur la date du manuscrit 954 (1547) tomberaient, si l'auteur devait être identifié avec l'écrivain mentionné par Brockelmann, *Arabische Litteratur*, II, p. 275, et distingué de son homonyme auquel est attribué le manuscrit 448. Je pose la question sans posséder des indications suffisantes pour la résoudre.

Pages 180 et 181, manuscrits 293, 294 et autres exemplaires qui sont cités; cf. page 262, manuscrit 395. Lisez le nom de l'auteur Ibn Ḥidjdja Al-Ḥamawî; cf. mes *Manuscrits arabes de la Collection Schefer*, p. 58.

Page 185, manuscrit 301. La bibliographie de Nâbiga Adh-Dhobyânî (Brockelmann, *Arabische Litteratur*, I, p. 22; II, p. 690) doit être complétée d'après mon *Nâbiga Dhobyânî inédit*, p. 6-8, où, à propos de 4° et de la note 1, j'ai confondu les deux Baṭalyoûsî et où à la date de 521 (1127) il convient de substituer 494 (1100). Depuis la publication de mon tome premier, les poésies de Zohair et celles de Ṭarafa ont été publiées avec le commentaire d'Al-A'lam, celles-là par M. le comte de Landberg (Leyde, 1889), celles-ci par M. Max Seligsohn (Paris, 1901).

Page 186, manuscrit 302. Sur Ibn An-Naḥḥâs, voir aussi le manuscrit 778.

Page 187, manuscrit 303. En vue d'une édition projetée, Heinrich Thorbecke avait fait exécuter d'après ce manuscrit une photographie intégrale qui est conservée à la Bibliothèque de la Société asiatique allemande; cf. la *Zeitschrift d. d. morg. Gesellschaft*, XLV (1891), p. 473; XLIX (1895), p. 529 et 695.

Page 189, manuscrit 306, 2°. Je ne sais pourquoi Brockelmann, *Arabische Litteratur*, I, p. 369, a changé l'énigmatique 'Abd (?) Ibn Al-Ḥabîb, comme porte le manuscrit, en un plus énigmatique encore 'Abd (?) Ibn Aṭ-Ṭabîb.

Page 202, manuscrits 322 et 323. Ce commentaire a été imprimé au Caire en 1290 et en 1305 (1873 et 1887).

Page 205, manuscrit 326. En dehors des rectifications des p. 521 et 522, il convient dans le titre de supprimer les deux *sic*.

Page 209, manuscrit 330, 1° (cf. p. 275, manuscrit 410, 3°). D'après Brockelmann, *Arabische Litteratur*, II, p. 248, cet Ibn Barrî est mort en 730 (1339) ; il ne doit pas être confondu avec celui des manuscrits 274, 1° ; 493 ; 585 ; 772, 5° et 6°.

Page 230, manuscrit 358 ; cf. pages 336, manuscrit 497 ; 373, manuscrit 543. La littérature antérieure est abrogée par R. O. Besthorn, *Ibn Zaiduni vitam scripsit epistolamque ejus ad Ibn-Dschahvarum scriptam nunc primum edidit R. O. B.* (Hauniæ, 1889).

Page 232, manuscrit 359. Un magnifique exemplaire complet, avec deux suppléments (ذيل et ذيل ذيلها) du même auteur, le tout écrit en 495 (1101), est conservé sous le n° 1667.

Page 235, manuscrit 361, 3°. Brockelmann, *Arabische Litteratur*, II, p. 255, préfère la vocalisation Al-Baṭawî au lieu d'Al-Bouṭouwî.

Page 241, manuscrit 368 ; cf. page 297, manuscrit 450. Lisez le nom de l'auteur Ibn Saudoûn d'après les autorités alléguées par Brockelmann, *Arabische Litteratur*, II, p. 706. Aux manuscrits de la seconde édition signalés par celui-ci, *ibid.*, II, p. 18, ajoutez Madrid CCVIII (ancien Gg 251).

Page 242, manuscrit 369 ; cf. p. 246, manuscrit 374, 2° ; p. 286, manuscrit 434 ; page 289, manuscrit 438, et *passim*. Sur le genre de poésies appelé *mouwaschschaḥ*, voir la remarquable monographie de M. Martin Hartmann, *Das arabische Strophengedicht*, I, *Das Muwaššaḥ*, Weimar, 1897.

Page 246, manuscrit 374. Ma lecture de la page 246, note 1, est juste d'après J. De Goeje et Houtsma, *Catalogus*, I (un.), p. 475.

Page 253, manuscrit 383, 2° ; cf. page 298, manuscrits 451 et 452. Ces trois manuscrits ont été omis dans Brockelmann, *Arabische Litteratur*, I, p. 258, ainsi que l'édition de Beyrouth, 1856, signalée par Hartmann, *Das Muwaššaḥ,* p. 24.

Page 258, manuscrit 390. Lisez le nom de l'auteur : Ṣafî ad-Dîn 'Abd al-'Azîz, etc., en supprimant ibn.

Page 268, manuscrit 404, 5° et 6°. 'Abd ar-Raḥmân Ibn Yakhlaftan mourut au Maroc à la fin de 627 (1230) d'après Brockelmann, *Arabische Litteratur*, II, p. 273.

Page 269, manuscrit 405, 4°. Djalâl ad-Dîn Ad-Dawwânî, l'auteur commenté, étant mort en 907 (1501), notre Ḳâḍî Khân ne saurait avoir vécu avant le Xe siècle de l'hégire, comme me l'a objecté avec raison Brockelmann, *ibid.*, I, p. 376, n. 1.

Page 285, manuscrit 432. Dans le titre, ajoutez les deux points diacritiques au *hâ* final du mot *al-mouḥâdjâ.* Il se pourrait bien que nous ayons là un fragment de *at-tadhkira aṣ-ṣalâḥiyya;* cf. p. 324, manuscrit 483. Sur l'interlocuteur de Ṣalâḥ ad-Dîn Aṣ-Ṣafadî, voir Brockelmann, *ibid.*, II, p. 165.

Page 289, manuscrit 438. M. M. Hartmann a longuement disserté sur ce manuscrit, qu'il ne connaît que par la description de Casiri et par la mienne, dans *Das Muwaššaḥ,* p. 27-30. Je viens de recourir à mes notes, d'après lesquelles le titre donné est non seulement exact, mais complet. Quant à l'auteur, je ne puis que garantir ma lecture Ibn 'Asâkir, et je crois bien plutôt la liste de Casiri suspecte. Dans la table généalogique des Banoû 'Asâkir dressée par F. Wüstenfeld (*Orientalia,* II, p. 161), je trouve parmi les frères du grand historien de Damas un Moḥammad ibn Al-Ḥasan ; cf. le texte arabe, *ibid.*, p. 176, l. 14. C'est ce plus jeune frère que je considère maintenant comme l'auteur du livre, au lieu de Hibat Allâh, l'aîné des trois frères.

Page 302, manuscrit 458. Il vaut mieux citer pour le

manuscrit de Leyde De Goeje et Houtsma, *Catalogus*, I (un.), p. 263.

Page 304, manuscrit 461. Supprimez : « Quel est le personnage..... Je l'ignore. » Tout cela fait partie du nom de l'auteur, qui écrivait vers 654 (1256); cf. Flügel, *Die arabischen Handschriften*, I, p. 363; Brockelmann, *Arabische Litteratur*, I, p. 286 et 352. Voir aussi plus loin la note sur la page 390.

Page 308, manuscrit 467, 1°. Le poète sicilien Aboû 'l-Ḥasan 'Alî Al-Ballanoûbî, c'est-à-dire de Villanuova, vécut dans la seconde moitié du XIe siècle de notre ère. Sur lui et sur le manuscrit unique de l'Escurial (lisez partout 465 au lieu de 455 pour le numéro du manuscrit), voir Michele Amari, *Bibliotheca arabo-sicula*, p. 680-681; traduction italienne (éd. in-8°), II, p. 617-619; *Storia dei Musulmani di Sicilia*, I, p. XLIII *a*; II, p. 521, 541, 543.

Page 313, manuscrit 470, 2° et 3°; cf. pages 167, manuscrit 273, et 287, manuscrit 435. Ces deux épîtres manquent aux *Letters of Abu 'l-'Alâ*, par David Margoliouth (Oxford, 1898).

Page 315, manuscrit 470, 9°. Lisez : Omayyades. — Apres mûre réflexion sur 10°, je considère Djamâl ad-Dîn Al-Miṣrî comme identique à Djamâl ad-Dîn Aboû 'l-Ḥosain Ibn Al-Djazzâr, appelé Al-Miṣrî dans Berlin 9814, 2°, vraisemblablement ailleurs. Je suppose que, dans le titre, après *talfîḳ*, il y avait un blanc pour insérer le nom du continuateur inconnu et qu'il faut traduire : « dû à la collaboration de... et du lettré Djamâl ad-Dîn Al-Miṣrî. » Ainsi s'expliquerait *wal-adîb*.

P. 326, manuscrit 487, 2°. Une autre biographie d'Aboû 'l-Ḥasan 'Alî Asch-Schâdhilî, par un certain Moḥammad ibn Abî 'l-Ḳâsim Ibn Aṣ-Ṣabbâg Al-Ḥimyarî se trouve dans le manuscrit CLXXXVI (ancien Gg 209) de la

Bibliothèque Nationale de Madrid; cf. Robles, *Catálogo*, p. 86-87.

Page 328, manuscrit 488, 2° : Lisez : *al-maḳâmât.*

Page 334, manuscrit 495; cf. page 343, manuscrit 512. Le grand commentaire d'Asch-Scharîschî, c'est-à-dire du natif de Xérès, a été imprimé à Boûlâḳ en 1868 et en 1883.

Page 336, manuscrit 498, 2°. Lisez le titre : كتاب درر النحور, traduisez : « Le livre intitulé : Les perles des poitrines, » corrigez la même erreur dans Slane, *Catalogue*, p. 642 *b*, et comparez le manuscrit CLXVIII de la Bibliothèque Nationale de Madrid (ancien Gg 191).

Page 346, manuscrit 518. Moḥammad ibn ʿÎsâ, connu sous le surnom d'Al-Mounâṣif, mort en 620 (1223), décrit dans ce poème les propriétés des parties du corps humain. M. Ahlwardt s'est chargé de rétablir les dates justes; voir son *Verzeichniss arabischer Handschriften*, IV (1892), p. 554.

Page 353, manuscrit 526. Lisez : « et y mourut. » M. de Slane, dans son édition, p. 19, a soupçonné le contenu du manuscrit 1635. J'aurais dû mentionner sa traduction française qui a paru dans le *Journal Asiatique* de 1858 et dont un tirage à part de 432 pages a été tiré à petit nombre en 1859. La note que j'ai insérée p. 524 au sujet de ce même manuscrit m'amène à rappeler qu'A. de Kremer avait aussi deviné dans le manuscrit 1635 le Dictionnaire géographique d'Al-Bakrî; voir les *Sitzungsberichte* de l'Académie des sciences de Vienne, 1852, p. 390.

Page 355, manuscrit 528. Autres exemplaires, manuscrits 713; 761, 1°. En décrivant le manuscrit 713 (II, p. 4), j'ai rectifié titre et traduction du titre. Lisez *al-atbâʿ* et traduisez : « La consolation du souverain lors de l'inimitié des sujets. » Sur la leçon *al-aṭbâʿ* que j'avais admise, voir Ḥâdjî Khalîfa, *Lexicon bibliographicum*, III, p. 611; VII, p. 760.

Page 359, manuscrit 530, 1°. Autre exemplaire, manuscrit 746, d'après lequel il importe de compléter le titre qui, dans Brockelmann, *Arabische Litteratur,* est écourté, I, p. 372, tandis qu'il est donné intégralement, I, p. 385. Le double emploi est constaté par l'index, II, p. 670 *a*. Supprimez *sic* après Al-Mouzâlî et, dans l'indication du commencement, ajoutez ورجاه pour la rime avec دعاه.

Page 361, manuscrit 533. D'après Brockelmann, *Arabische Litteratur,* II, p. 75, Scharaf ad-Dîn Yoûnous Al-Mâlikî écrivit vers 750 (1349), et son *Al-Kanz al-madfoûn* a été imprimé à Boûlâḳ en 1871, au Caire en 1885.

Page 363, manuscrit 534, 2°. L'édition que je souhaitais a été réalisée en partie par Carl H. Becker, *Beiträge zur Geschichte Ägyptens unter dem Islam,* 1 Heft (Strassburg, 1902). Sur la description du manuscrit, voir *ibid.*, p. 18, n. 1.

Page 366, manuscrit 537. Lisez Cas. 534.

Page 369, manuscrit 538, 12°. On trouve plus de détails sur Aboû 'l-Walîd Solaimân ibn Khalaf Al-Bâdjî dans ce tome II, p. 22, à propos du manuscrit 732, 4°.

Page 375, manuscrit 544. Autre exemplaire, manuscrit 737, à propos duquel des « données nouvelles » ont été fournies sur l'auteur et la bibliographie complétée.

Page 381, manuscrit 553. Moḥammad Ibn Ḥoulla était un contemporain de 'Afîf ad-Dîn 'Abd Allâh Al-Yâfi'î, dont il copia l'un des ouvrages en 765 (1363); voir la description du manuscrit 756 (II, p. 45).

Page 389, manuscrit 566. L'émir des croyants Aboû 'Abd Allâh Moḥammad, dont le fils est nommé Aboû 'l-Khair Ya'ḳoûb, est le khalife 'Abbaside Al-Mouḳtafî li-amr Allâh (530-555=1135-1160).

Page 390, manuscrit 567, 2°. Al-'Âdilî me semble pouvoir être identifié avec 'Alî ibn Moḥammad ibn Ar-Riḍâ

2

Al-ʿÂdilî, l'auteur du manuscrit 461. Dans le titre, *moufarriḥ* est une faute d'impression pour *moufarridj,* et bien qu'*al-ḳouloûb* soit clair dans le manuscrit, je ne puis pas ne pas penser au *Moufarridj al-kouroûb fî akhbâr banî Ayyoûb* d'Ibn Wâṣil; cf. sur lui les manuscrits 615 et 647, ainsi que mon *ʿOumâra du Yémen*, II, partie arabe, p. XXIV-XXVII et 609-629. Cf. aussi le manuscrit actuellement coté 4451 à la Bibliothèque Nationale[1] de Paris, qui démontre les connaissances en métrique de l'historien et du logicien.

Page 399, manuscrit 574, 2°. D'après Brönnle, dans Brockelmann, *Arabische Litteratur,* I, p. 135, Aboû Dharr Mouṣʿab mourut à Fez en 604 (1207).

Page 399, manuscrit 575. Il se publie en ce moment au Caire une édition, dont 8 volumes sur 18 ont paru, de ce Dictionnaire « spécialisé » *(Al-Moukhaṣṣaṣ),* d'après l'exemplaire en 17 volumes, que possède la Bibliothèque Khédiviale (voir Catalogue en arabe, IV, p. 187). Aḥmed Zeki avait signalé l'importance de ce « Dictionnaire analogo-idéologique », dans son *Rapport sur les manuscrits arabes conservés à l'Escurial en Espagne* (Caire *(sic),* 1894), p. 10-11.

Page 400, manuscrit 576. « Le livre des verbes, » par Ibn Al-Ḳoûṭiyya, a été publié par Ignazio Guidi (Leyde, 1894) d'après le manuscrit de Girgenti. Il semble qu'il y en ait un autre exemplaire a Constantine; voir Slane, dans Pertsch, *Die arabischen Handschriften,* I, p. 357.

Page 424, manuscrit 614. Le texte commenté se trouve

1. Ce manuscrit unique est entré à la Bibliothèque du Roi en 1671. Il porte le n° 1060 dans le Catalogue autographe que le P. Wansleben a rédigé des livres que « l'autheur de ce voyage a envoyés du Levant ». Voir Henri Omont, *Missions archéologiques françaises en Orient aux XVII° et XVIII° siècles* (Paris, Imprimerie Nationale, MDCCCCII. 2 parties in-4°), p. 944.

aussi dans le manuscrit 788, 19°. Page 425, l. 2 et 6 (cf. p. 462, l. 11), lisez Nâmâwar. Remarquons que la date de 781 (1379) pour la mort du commentateur, date évidemment fausse, a été maintenue par Brockelmann, *Arabische Litteratur*, II, p. 239, en contradiction avec moi et avec I, p. 463.

Page 435, manuscrit 630. 'Imâd ad-Dîn désigne peut-être 'Imâd ad-Dîn Yaḥyâ ibn Aḥmad Al-Kâschî, cité à propos du manuscrit 678, 1° et 4°. Celui-ci vivait-il au VIIIe siècle de l'hégire (Brockelmann, *Arabische Litteratur*, I, p. 294) ou au Xe (*ibid.*, I, p. 468), comme Pertsch et moi l'avons dit d'après Ḥâdji Khalîfa? J'incline vers la seconde date; voir la description du manuscrit 678, 1°.

Page 437, manuscrit 632, 1°. Bien que le Catalogue de la Bibliothèque Nationale de Madrid n'en fasse pas mention, un autre exemplaire, daté de 633 (1235), s'y trouve à la fin du manuscrit arabe CXXXII (ancien Gg 154).

Page 461, manuscrit 653, 2°. Lisez : Moḥammad Ibn 'Âṣim.

Page 462, manuscrit 654, 3°. Dans l'énumération des manuscrits similaires, supprimez 630.

Page 478, manuscrit 678, 1°. Ainsi que l'a fait remarquer Brockelmann, *Arabische Litteratur*, I, p. 468, ce n'est pas un commentaire direct sur les *âdâb al-baḥth*, mais un supercommentaire sur le commentaire que leur avait consacré Kamâl ad-Dîn Mas'oûd Asch-Schirwânî Ar-Roûmi, qui vivait dans la seconde moitié du IXe siècle de l'hégire; voir la description du manuscrit 643; cf. 678, 5° et 691.

Page 490, manuscrit 694. L'édition de Constantinople n'est pas de 1870, mais de 1876.

Page 492, manuscrit 696 et non 669.

Page 496, manuscrit 700. Je suis disposé à reconnaitre dans « Le secret des secrets » l'ouvrage du même titre attribué dans le *Fihrist* à *Rhases*, c'est-à-dire au célèbre médecin Aboû Bakr Moḥammad ibn Zakariyyâ Ar-Râzi, mort vers 320 (932). Voir Ibn Abi Ya'ḳoûb An-Nadîm, *Kitâb al-fihrist*, texte arabe, p. 358, l. 12; traduction française par O. Houdas, dans M. Berthelot, *La Chimie au moyen âge*, III (1893), p. 37. Ar-Râzi avait écrit de nombreux ouvrages et opuscules sur l'alchimie, ce qui confirme les conclusions que j'apporte; cf. L. Leclerc, *Histoire de la médecine arabe*, I, p. 352. L'expression : « notre maître Djâbir ibn Ḥayyân » (cf. manuscrit 780, 4°) n'implique pas que l'auteur anonyme ait suivi les leçons du professeur, mais est une affirmation qu'il se déclare son disciple intellectuel. Bien entendu, ce « secret des secrets » ne doit être confondu ni avec le traité de politique attribué à Aristote, dont nos bibliothèques sont encombrées (Paris, nos 2417-2422), ni avec l'écrit ṣoûfi du frère d'Al-Gazâli (Escurial, 763, 3°; II, p. 52).

Page 508, manuscrit 707, 1°. Le schaikh Nadjm ad-Din me paraît être Nadjm ad-Din 'Ali ibn 'Omar Al-Kâtibî Al-Ḳazwini, l'auteur de la *Schamsiyya;* cf. les manuscrits 619; 629; 630; 703, 8°, etc.

Tome second. Page 4, manuscrit 714. Lisez le nom de l'auteur Al-Mouḥsin.

Page 6, manuscrit 716. Du même auteur sont les manuscrits 699 et 743, 1°.

Page 7, manuscrit 718, 1°. M. G. Rat a publié (1899-1902) une traduction française de ce livre, intitulée : *Al-Mostaṭraf..... par..... Šihâb ad-Dîn Aḥmad Al-Abšîhî*, travail que j'ai apprécié dans le *Journal des Savants* de juillet 1902, p. 397-399. J'aurais dû faire de justes réserves sur le nom présumé de l'auteur, qui doit être ainsi rectifié et complété d'après Ahlwardt, *Verzeichniss arabischer Hand-*

schriften, VII, p. 373 et 374 : Bahâ ad-Dîn Aboû 'l-Fatḥ Moḥammad ibn Aḥmad ibn Manṣoûr ibn Aḥmad ibn 'Îsâ Al-Maḥallî Al-Khaṭîb Al-Abschîhî, né vers 790 (1388), mort vers 850 (1446).

Page 8, manuscrit 718, 2°. Autres exemplaires, manuscrits 30, 5°; 143, 4°.

Page 12, manuscrit 722, 2°. Le commentateur est nommé en tête du manuscrit LXXXI (ancien Gg 87) de la Bibliothèque Nationale de Madrid (Robles, *Catálogo,* p. 39-40) Aboû 'l-Ḳâsim Ibrâhîm Al-Warrâḳ Al-Bannânî.

Page 14, manuscrit 725. Malgré la similitude des noms, l'auteur ne saurait être identifié avec Aḥmad ibn Moḥammad Al-Marrâkoschî, le célèbre mathématicien, connu sous le nom d'Ibn Bannâ; voir les manuscrits 248, 11°; 788, 18°. Je crois le reconnaître plutôt dans Aboû 'l-'Abbâs Aḥmad ibn Moḥammad Al-Anṣârî Al-Marrâkoschî, connu sous le surnom d'*Ad-Dabbâg* « le tanneur »; voir Rieu, *Catalogus,* p. 405 *b.*

Page 16, manuscrit 728. Le vrai titre de l'ouvrage d'Al-Djâḥith est aussi dans le manuscrit 242, 1°, où, dans ma description (I, p. 147, dernière ligne), le *sic,* dont je l'ai accompagné, doit être supprimé.

Page 22, manuscrit 732, 4°. Voir I, page 367, manuscrit 538, 12°.

Page 22, manuscrit 733. L'auteur est peut-être celui que l'abbé Bargès appelle « le célèbre marabout » en racontant sa vie (Paris, 1884), Aboû Madyan Schou'aib ibn Al-Ḥasan Al-Magribî At-Tilimsânî, mort vers 589 (1193). Le nom d'Aboû Madyan est donné avec quelques variantes dans Madrid CLXXXIV (ancien Gg 207); voir Robles, *Catálogo,* p. 86.

Page 24, manuscrit 734. 'Abd ar-Ra'oûf Al-Mounâwî mourut en 1031 (1622).

Page 24, manuscrit 735. Cette épître a été imprimée avec des notes marginales à Boûlâḳ en 1867 et en 1870, et avec tout un commentaire et des gloses, à Boûlâḳ en 1873; cf. Lambrecht, *Catalogue*, I (un.), p. 383; Ellis, *Catalogue*, I, col. 46.

Page 33, manuscrit 742. Corrigez dans le titre بيل en بل, peut-être مستطرفات en مستظرفات.

Page 35, manuscrit 745, 1°. La biographie d'Aboû 'l-Ḥasan ʿAlî Asch-Schâdhilî par son petit-fils est dans le manuscrit 487, 2°; cf. ce tome II, p. xv. Sur son petit-fils, voyez encore les manuscrits 346, 347, 460. Au haut de la page 36, lisez 788, 23°.

Page 38, manuscrit 749. Je suis porté maintenant à reconnaître dans l'auteur Fakhr ad-Dîn Aḥmad ibn Moḥammad ibn Abî Bakr ibn Moḥammad Asch-Schîrâzî, qui écrivait en 809 (1406); cf. De Goeje et Houtsma, *Catalogus*, I (un.), p. 446. Mon rappel d'Aḥmad l'ascète est d'autant moins plausible que celui-ci se nommait Aḥmad Ibn Al-ʿAbbâs et non Aḥmad Aboû 'l-ʿAbbâs.

Page 41, manuscrit 752. — A ce manuscrit fait suite immédiatement, provenant du même exemplaire ancien, le manuscrit 1529 (Casiri, 1524).

Page 42, manuscrit 953. Il faut se garder de confondre les deux philologues Aboû Aḥmad Al-Ḥasan Al-ʿAskarî, auteur de l'ouvrage coté 377, et son neveu, qui est son homonyme et son disciple, Aboû Hilâl Al-Ḥasan Al-ʿAskarî; voir *Khizânat al-adab*, I, p. 97-98 et 112; l'index de Ḥâdjî Khalîfa, n°s 1049 et 3469. Faut-il adopter pour ce dernier 395 (1005) comme date de sa mort avec Wüstenfeld, *Die Geschichtsschreiber*, p. 53; Flügel, *Die grammatischen Schulen*, p. 254; Brockelmann, *Arabische Litteratur*, I, p. 126, où il y a plus d'une confusion entre les ouvrages de l'un et ceux de l'autre[1]? Ou bien ai-je eu raison de la différer, en pensant que son *Kitâb al-awâ'il* fut terminé le 14 scha'bân 395, le 26 mai 1005? Je note en passant que ce dernier ouvrage, longtemps considéré comme perdu, est à Paris sous le n° 5986; voir mes *Manuscrits arabes de la Collection Schefer*, p. 11. Il est attribué à Aboû Aḥmad, au lieu d'Aboû Hilâl, par Ahlwardt, *Verzeichniss arabischer Handschriften*, IX, p. 8.

Page 45, manuscrit 756. Moḥammad ibn 'Othmân Ibn Ḥoulla est l'auteur du manuscrit 553.

Page 55, manuscrit 766. Cet ouvrage a été imprimé au Caire en 1891.

Page 57, manuscrit 769. Brockelmann, *Arabische Litteratur*, I, p. 365, lit Al-Andarasfânî et nous apprend que l'auteur vivait dans le Khârizm dans la seconde moitié du VIe siècle de l'hégire.

Page 58, manuscrit 770. D'après Brockelmann, *ibid.*, II, p. 107, Yoûsouf ibn Al-Ḥasan mourut en 909 (1503). C'est aussi la date donnée par Ahlwardt dans l'index de son *Verzeichniss arabischer Handschiften*, X, p. 395 *b*.

Page 61, manuscrit 772, 4°, dernière ligne. Lisez : ibn Abî Sa'îd comme il a été fait à propos des manuscrits 83, 1°; 119; 193, du même auteur.

Page 64, manuscrit 774. Mes notes portent Sirâdj ad-Dîn Aboû Dja'far; je crois que, s'il serait téméraire de substituer d'après Ḥâdjî Khalîfa, sans nouvel examen de l'exemplaire, Tâdj ad-Dîn à Sirâdj ad-Dîn, ma confusion d'Aboû Dja'far avec Aboû Ḥafṣ est probable. Lisez donc : Aboû Ḥafṣ; corrigez aussi p. 301 en p. 303.

Page 66, manuscrit 778. C'est d'Ibn An-Naḥḥâs qu'est

1. Brockelmann, *Arabische Litteratur*, I, p. 32 et 41, a fait mourir Aboû Hilâl en 382 (993), date qui est assignée à la mort d'Aboû Aḥmad; voir ici-même, I, p. 248.

l'Annotation sur les poésies d'Imrou'ou 'l-Ḳais contenue dans le manuscrit 302.

Page 70, manuscrit 780, 3°. Sur le mystique ʿAlî Ibn Wafâ, voir les manuscrits 284, 1°; 445.

Page 75, manuscrit 788, 2°. — Une nouvelle édition du *Précis de législation musulmane*, suivant le rite mâlikite, par Sîdî Khalîl, a été publiée en 1901 par la Société asiatique de Paris sous les auspices du Ministre de la guerre.

Page 79, manuscrit 788, 15°. Lisez : Aboû Zaid Ḥonain; cf. le manuscrit 760, p. 47 et 48.

Page 80, manuscrit 788, 16°. Mon savant collègue de Naples, Carolo Alphonso Nallino, qui avait vu à Rome un des six exemplaires, m'a communiqué l'observation suivante par lettre en date du 28 octobre 1899 : « Corrigez فصل en فضل. En effet, *faḍl ad-dâ'ir* ou *faḍl* tout court est en astronomie arabe la partie de l'arc diurne d'un astre qui lui reste encore à parcourir à un instant donné. Une fois le *faḍl* connu, on en déduit très aisément les heures du jour ou de la nuit écoulées jusqu'au moment précis de l'observation. »

Cette gerbe d'additions, de corrections et de détails complémentaires, pourrait être facilement grossie dans le champ mal délimité d'un catalogue. Je n'ai recueilli que ce que j'ai ramassé à fleur de terre au hasard de mes promenades à travers mon livre. Il a déjà des rides et chaque publication nouvelle lui en ajoutera, toutes les fois que des problèmes d'histoire littéraire, posés ici, seront résolus. En attendant, notre outillage s'est bien perfectionné depuis la rédaction du tome premier en 1884. Le seul historien de la littérature arabe était alors M. de Hammer, dont l'œuvre monumentale inachevée se dresse comme une tour de Babel géante, dont la confusion appelle la controverse plutôt que le dédain. C'est un amas de matériaux bruts, dont quelques-uns de choix, d'autres mêlés à des alliages qu'il faut séparer pour en extraire le métal pur. Je ne méconnais pas les progrès accomplis depuis l'apparition du 7e volume en 1856; je suis heureux de les constater et d'en profiter.

Quelques années auparavant, en 1852, Flügel terminait son édition, avec traduction latine, du grand Dictionnaire bibliographique aux 14501 articles [1], composé au milieu du XVIIe siècle par Moustafâ ibn 'Abd Allâh Kâtib Dschalabî, connu sous le surnom de Ḥâdjî Khalîfa. Tandis que M. de Hammer, découragé par l'attitude hostile de ses détracteurs, interrompait son œuvre, Flügel, en 1858, enrichissait la sienne et la rendait plus pratique par un septième volume de XIV-1257 pages. L'époque était propice à la rédaction des beaux catalogues de manuscrits arabes, qui ont révélé les trésors inconnus des bibliothèques publiques, grâce à des maîtres tels qu'Ahlwardt, Amari, Aumer, Browne, Codera, Dorn, Dozy, Fagnan, Fleischer, Flügel, De Goeje, Houtsma, De Jong, Loth, Mehren, Nicoll, Pertsch, Pusey, Rieu, Robles, Rosen, Roy, Slane, Spitta, Zotenberg, etc., etc. Trois inventaires abondants d'imprimés arabes, par Euting, Lambrecht et Ellis, nous renseignent sur les accessions de la Bibliothèque de l'Université de Strasbourg jusqu'en 1887, de la Bibliothèque de l'École des langues orientales vivantes de Paris jusqu'en 1897, du Musée Britannique jusqu'en 1901. Ajoutez à ces ressources précieuses la bibliographie des impressions arabes orientales et occidentales publiée au Caire en 1897 par Edward A. Van Dyck, et le

1. « Les monuments nouveaux », ajoutés au XVIIIe siècle par Ḥanafî Zâdéh, édités à la suite par Flügel (Ḥâdjî Khalîfa, *Lexicon bibliographicum*, VI, p. 525-646) portent ce nombre à 15007.

2. Deux volumes ont paru en 1894 et en 1901; un troisième volume est en préparation; voir mon compte rendu dans la *Revue critique* de 1902, I, p. 421.

Catalogue de la section européenne de la Bibliothèque Khédiviale *(II, L'Orient)*, répertoire anonyme daté de 1899[1]. Ce serait ingratitude de ne pas nommer aussi les libraires dont les catalogues, grâce à des relations habilement nouées, nous mettent périodiquement au courant de leurs importations en livres arabes publiés dans les provinces du monde musulman. Ai-je besoin de nommer Harassowitz, Köhler, Leroux, Luzac, Quaritch, Spirgatis et bien d'autres? Le mouvement annuel qui se produit dans nos études en Orient et en Occident a son organe attitré dans l'*Orientalische Bibliographie* fondée par August Müller en 1887 et continuée depuis sa mort prématurée (1892) avec une rigoureuse précision par Lucian Scherman[2].

Dans cette ère nouvelle si féconde, l'événement le plus heureux, celui que je tiens à saluer en terminant comme une bonne fortune pour nous et pour nos successeurs, c'est l'achèvement, par la publication des indices admirables, de l'Histoire de la Littérature arabe, par Carl Brockelmann[3]. On peut discuter la conception du livre et se demander si les idées générales ne devraient pas y occuper une plus large

1. *Publications de la Bibliothèque Khédiviale*, vol. XII.

2. Je signale en passant le classement méthodique des bibliographies biannuelles de la production occidentale sur le terrain des langues sémitiques, publiées par W. Muss-Arnolt dans le *Quarterly Journal for semitic Studies* de Chicago et la *Bibliographie* tenue à jour de la *Revue des études juives* de Paris.

3. Je devrais presque dire ses deux Histoires de la littérature arabe. Car M. Carl Brockelmann a entre temps résumé et vulgarisé son ouvrage sous le même titre, ce qui est bien gênant pour les citations. Voir *Die Litteraturen des Ostens in Einzelndarstellungen*, VI (Leipzig, 1901), 2e partie, VI-265 pages. La littérature arabe des Juifs, intentionnellement laissée au second plan par Brockelmann, vient d'être l'objet d'une monographie remarquable par M. Steinschneider, *Die arabische Literatur der Juden*, Francfort-sur-le-Mein, 1902. La littérature chrétienne des Arabes réclame une étude spéciale du même genre.

place, si cette accumulation de fiches donne une idée suffisante du rôle que cette littérature a joué sur les divers théâtres où elle a évolué et des destinées qu'elle a traversées dans ses migrations simultanées et successives. La synthèse viendra assez tôt, lorsque l'analyse en aura fourni les éléments définitifs. L'auteur aura l'occasion prochaine d'émonder certaines scories lorsque son livre parviendra à une deuxième édition qui ne sera pas la dernière. Nous serons tous ses collaborateurs empressés. Il en trouvera un incomparable, s'il ne s'obstine pas à renier son prédécesseur, s'il se résout à considérer M. de Hammer comme un précurseur sur les pas duquel il fera bien de ne s'avancer qu'avec critique, mais aussi avec respect pour sa tentative hardie, pour son labeur persévérant, pour sa trouée vigoureuse à travers une région inexplorée.

Paris, ce 17 mars 1903.

LES MANUSCRITS ARABES DE L'ESCURIAL

VII

Morale et Politique

In-folio

709

Titre : المختار من كتاب نزهة الناظر وتحفة المسامر ممّا عنى بجمعه ..... عزّ الدين عبد العزيز بن ابى القاسم البغدادى المعروف بالبابِصْرى « L'extrait du livre intitulé : La jouissance du lecteur et le présent du narrateur, compilation tentée par ..... 'Izz ad-Dîn 'Abd al-'Azîz Ibn Abî 'l-Ḳâsim Al-Bagdâdhî, connu sous le nom d'Al-Bâbbiṣri. » Ce titre est identiquement reproduit en tête de la seconde partie (النصف الثانى), comprenant un choix beaucoup plus abondant que la première. Le manuscrit est écrit avec le plus grand soin, les lignes sont très espacées et il ne présente pas l'aspect d'un manuscrit autographe. Ibn Abî 'l-Ḳâsim est-il l'auteur ou l'abréviateur de ce recueil ? Dans ce dernier cas, l'auteur serait-il un certain Moḥammad ibn

Moḥammad Al-Ḥalabi, connu sous le nom d'Ibn Al-ʿÂ'ida, désigné dans Ḥâdjî Khalîfa, *Lexicon bibliographicum*, VI, p. 335, n° 13739? La première solution semble préférable d'après W. Pertsch, *Die arabischen Handschriften*, I, p. 168. L'ethnique Al-Bâbbiṣrî, dont nous avons emprunté la vocalisation au manuscrit, provient de la Porte d'Al-Baṣra (باب البصرة) d'après laquelle était dénommé le quartier (محلّة) de Bagdâdh auquel cette porte donnait accès; voir Yâḳoût, *Mouʿdjam*, III, p. 600. Manuscrit copié en 887 de l'Hégire (1482 ap. J.-Ch.). Commencement : قال رسول اللّه سلّعم يدخل من امّتى الجنّة سبعون الفا بغير حساب الخ.

Papier. Écriture Asiatique. 178 feuillets. 17 lignes par page. (Cas. 706.)

710

Titre : كتاب حياة الارواح والدليل الى طريق الصلاح والفلاح للامام ..... جمال الاسلام عبد الكريم بن زين الدين هوازن القُشيرى المالكى (ms. هوازز) « Livre intitulé : La vie des âmes et le guide vers la route de la perfection et de la félicité, par l'imâm..... Djamâl al-Islâm ʿAbd al-Karîm ibn Zain ad-Dîn Hawâzin Al-Ḳouschairî Al-Mâlikî. » Ce ṣoûfî, d'une vaste érudition, né à Oustouwa, près de Naisâboûr, en 376 de l'Hégire (986 ap. J.-Ch.), mourut à Naisâboûr en 465 (1072); voir Ibn Khallikân, *Biographical Dictionary*, II, p. 152-156. Son encyclopédie édifiante comprend des morceaux choisis de prières, de poésies religieuses, etc. La fin manque. Autre ouvrage de lui, ms. 735. Commencement : قال ..... ابو القاسم جمال الاسلام عبد الكريم بن هوازن (ms. هوازز) القشيرى..... الحمد للّه الذى لا يُستفتح له وجود الخ

Papier. Écriture Asiatique. 81 feuillets. 24 lignes par page. Sans date. (Cas. 707.)

711

Titre : مجمع الامثال « La collection des proverbes. » A la tranche inférieure, on lit : الامثال للميدانى « Les Proverbes, par Al-Maidânî. » C'est le fameux recueil de proverbes, classés d'après l'ordre alphabétique de leurs commencements par Aboû 'l-Faḍl Aḥmad ibn Moḥammad Al-Maidânî An-Naisâboûrî, mort en 518 de l'Hégire (1124 ap. J.-Ch.), publiés, traduits et commentés par G. W. Freytag, *Arabum Proverbia,* 3 tomes, Bonnæ ad Rhenum, 1838-1843. Manuscrit daté de 643 de l'Hégire (1245 ap. J.-Ch.). Commencement : .انّ احسن ما يوشّح به صدر .الكلام الخ

Papier. Écriture Asiatique. 338 feuillets. 29 lignes par page. (Cas. 708.)

712

Titre : كتاب مجمع الامثال تـأليف ... . ابى الفضل احمد بن محمد الميدانى Autre exemplaire de la même « collection », copié en 702 de l'Hégire (1302 ap. J.-Ch.).

Papier. Écriture Asiatique. 142 feuillets. 40 lignes par page. (Cas. 709.)

713

Titre : كتاب ساوان المطاع تأليف ..... جمال الدنيا والدين محمد ابن ابى محمد بن محمد بن ظفر الصقّلى « Livre intitulé : La consolation du souverain, œuvre de..... Djamâl ad-Dîn Moḥammad ibn Abî Moḥammad Ibn Ṭhafar Aṣ-Ṣiḳḳilî », mort d'après une note du fol. 1 r° en 565 de l'Hégire (1169 ap. J.-Ch.). Le titre complet de l'ouvrage سلوان المطاع فى عدوان الاتباع « La consolation du souverain lors de l'inimitié des sujets », doit être ainsi rectifié comme teneur et comme traduction dans la notice consacrée à un exemplaire illustré de cette même seconde édition, décrit sous la cote 528, I, p. 355-358. Autre exemplaire, ms. 761, 1°. Sur la leçon الاتباع, que j'avais admise, voir Ḥâdji Khalifa, *Lexicon bibliographicum*, VII, p. 760. Commencement, si ma copie est exacte : انّ شكر الله الذى لابسنى الملابس الفاخره الخ.

Papier. Écriture Asiatique. 75 feuillets. 21 lignes par page. Sans date. (Cas. 710.)

714

Titre : الجزء الاوّل من كتاب الفرج بعد الشدّة تأليف القاضى ابو (*sic*) علىّ المحسّن ابن (*sic*) القاضى ابى القسم علىّ بن محمد بن ابى الفهم التنوخى « Section première du livre intitulé : Le délassement après la souffrance, œuvre du ḳâḍî Aboû ʿAlî Al-Mouḥassin, fils du ḳâḍî Aboû 'l-Ḳâsim ʿAlî, fils de Moḥammad, fils d'Aboû 'l-Fahm At-Tanoûkhî. » L'auteur, né à Baṣra en 327 de l'Hégire (939 ap. J.-Ch.), mourut à Bagdâdh en 384 (994) d'après Ibn Khallikân, *Biographical Dictionary*, II, p. 564-568. L'exemplaire est complet de ses 14 chapitres, moins deux lacunes au milieu, remplacées par des espaces laissés en blanc. Manuscrit daté de 979 de l'Hégire (1571 ap. J.-Ch.). Sur cette collection d'anecdotes historiques, voir surtout J. de Goeje et Th. Houtsma, *Catalogus codicum arabicorum*, I, p. 254-257. Commencement : الحمد لله الذى جعل بعد الشدّة فرجا الخ.

Papier. Écriture Asiatique. 176 feuillets. 29 lignes par page. (Cas. 711.)

715

Titre : السفر الرابع من كتاب إحياء علوم الدين تأليف..... ابى حامد محمد بن محمد بن محمد الغزالى « Volume IV du livre intitulé : La révivication des sciences de la religion, œuvre de ..... Aboû Ḥâmid Moḥammad ibn Moḥammad ibn Moḥammad Al-Gazâlî. » Voir d'autres ouvrages d'Al-Gazâlî dans les mss. 631 ; 694 ; 707, 3° ; un abrégé de la Révivication dans le ms. 731. L'ouvrage, dont nous avons un volume isolé commençant par آفات الغضب والحقد والحسد et finissant avec le كتاب الصبر والشكر, a été imprimé en 4 volumes à Boûlâḳ en 1287 de l'Hégire (1870 ap. J.-Ch.).

Papier. Écriture Magrébine. 247 feuillets. 29 lignes par page. Sans date, probablement du VIIe siècle de l'Hégire. (Cas. 712.)

716

Titre : الجزء الاوّل من كتاب مدارج السالكين فى منازل السائرين تأليف..... شمس الدين ابى عبد اللّه محمّد بن ابى بكر بن ايوب امام المدرسة الجوزيّة (ms. الجوريه) « Section première du livre intitulé : Les degré de ceux qui s'avancent dans l'étude des Stations des voyageurs, œuvre de Schams ad-Dîn Aboû 'Abd Allâh Moḥammad, fils d'Aboû Bakr, fils d'Ayyoûb, l'imâm du collège Al-Djauziyya. » L'ouvrage commenté, intitulé منازل السائرين, a pour auteur Aboû Ismâ'îl 'Abd Allâh ibn Moḥammad Al-Harawî, mort en 481 de l'Hégire (1088 ap. J.-Ch.). Quant au commentateur, il est connu sous le nom d'Ibn Ḳayyim Al-Djauziyya et mourut en 751 de l'Hégire (1350 ap. J.-Ch.) d'après Ḥâdjî Khalîfa, *Lexicon bibliographicum*, VI, p. 130. Sur le collège ḥanbalite Al-Djauziyya de Damas, fondé en 580 (1184) par Moḥyî ad-Dîn 'Abd ar-Raḥmân Ibn Al-Djauzî (cf. mss. 389; 436, 3°; 542; 717; 766), voir H. Sauvaire, *Description de Damas*, I, p. 280-282, 297-299. Commencement : الحمد للّه ربّ العالمين والعاقبة للمتّقين الخ.

Papier. Écriture Asiatique. 284 feuillets. 23 lignes par page. Sans date. (Cas. 713.)

717

Titre : هذا كتاب يسمّى بالمورد العذب تأليف..... ابى الفرج

ابن الجوزى « Ceci est le livre intitulé : l'Abreuvoir suave, œuvre d'Aboû 'l-Faradj Ibn Al-Djauzî. » L'auteur de cet ouvrage parénétique (فى المواعظ والخطب) en vingt-cinq sections (فصل) est nommé plus complètement en tête Aboû 'l-Faradj ʿAbd ar-Raḥmân ibn ʿAlî Al-Djauzî (cf. mss. 389; 436, 3° ; 542; 716; 766). Copie exécutée à la Mecque (بمكة الشرفة) avec une grande richesse de vocalisation en 798 de l'Hégire (1395-1396 ap. J.-Ch.) et collationnée soigneusement avec l'autographe de l'auteur. Commencement: الحمد لله مبتدع الوجود لا بحركة عقليه الخ.

Papier. Écriture Asiatique. 170 feuillets. 23 lignes par page. (Cas. 714.)

718

1° Titre enluminé : كتاب المستطرف من كلّ فنّ مستظرف تاليف . . . . . شهاب الدين احمد الخطيب الابشيهى (ms. الابشهى) « Livre intitulé : L'élite nouvelle de tout genre élégant, œuvre de Schihâb ad-Dîn [Moḥammad ibn] Aḥmad Al-Khaṭîb Al-Abschîhî. » Cf. la notice consacrée au ms. 568. D'après un passage du livre (édition de Boûlâḳ de 1292 de l'Hégire, II, p. 42), l'auteur vivait encore en 829 de l'Hégire (1426 ap. J.-Ch.). Manuscrit très soigné, complet de ses 84 chapitres, écrit en 996 (1588). Commencement : الحمد لله الملك العظيم الخ.

2° (Fol. 218 v°). Poème avec commentaire sur les mots arabes, dont le premier radical peut recevoir alternativement, dans des significations différentes, les trois voyelles. Ce poème a été publié par M. Ed. Vilmar (Marburg, 1857).

On lit en tête : قال الشيخ سديد الدين ابو المحاسن [بن] مهلّب الدين حسن البهنسى ..... نظمت مثلّث قطرب فى قصيدة ابياتها اثنان وثلاثون بيتا على حروف المعجم وهى هذه

يا مولعا بالغضب والهجر والتجنّب

On ne possède plus la rédaction primitive en prose du *Mouthallath*, par Aboû ʿAlî Moḥammad ibn Al-Moustanîr Al-Baṣrî, surnommé Ḳouṭroub, mort en 206 de l'Hégire (821 ap. J.-Ch.). L'auteur égyptien de la mise en vers au nombre de 32 et des gloses explicatives mourut, d'après Ḥâdjî Khalifa, *Lexicon bibliographicum*, V, p. 374, en 685 (1286). Son nom est donné un peu différemment dans le passage cité et en tête des autres exemplaires connus ; voir surtout W. Pertsch, *Die arabischen Handschriften*, I, p. 361-363 ; J. de Goeje et Th. Houtsma, *Catalogus*, I, p. 32 ; Ahlwardt, *Verzeichniss der arabischen Handschriften zu Berlin*, VI, p. 303-304, qui le désignent comme Sadîd ad-Dîn Aboû 'l-Ḳâsim ʿAbd al-Wahhâb ibn Al-Ḥasan Al-Mohallabî Al-Bahnasî.

3° (Fol. 223 v°). Titre : قصيدة الوعيظى « Poème d'Al-Waʿîṭhî. » L'auteur de cette poésie sur les devoirs du pieux musulman est nommé en tête des manuscrits de Gotha et de Leyde (Pertsch, *Die arab. Handschriften*, II, p. 117 ; Goeje et Houtsma, *Catalogus*, I, p. 485) Moḥammad ibn Aḥmad Al-Waʿîṭhî. Premier vers :

ليس المقام بدار الذلّ من شيَمِ ولا معاشرة الاوباش من هِمَمِ

Papier. Écriture Asiatique. 226 feuillets. 40 lignes par page. 2° et 3° sans date, mais de la même main et de la même époque que 1°. (Cas. 715.)

719

Titre en lettres d'or : كتاب فيه سياسة الامراء وُلاةِ الجنود المتضمّن لثلاثة عهود « Livre contenant la Direction des émirs, chefs des armées, et comprenant trois prescriptions. » L'auteur se nomme lui-même Ibrâhîm ibn ʿAbd al-Wâḥid ibn Abî 'n-Noûr et dit avoir composé son ouvrage pour « celui qui est fortifié par le secours d'Allâh » (المؤيَّد بنصر اللّه), l'émir des croyants Aboû Yaḥyâ Aboû Bakr. C'est pour la bibliothèque (خزانة) de ce prince que notre exemplaire de luxe a été écrit en très gros caractères. Le prince, auquel s'adresse la dédicace, est le khalife Ḥafṣide, dit Al-Moutawakkil ʿalâ Allâh, dont la capitale était Tunis et qui régna sur l'Ifriḳiyya de 1318 à 1346. La composition du livre et l'exécution du manuscrit doivent donc être placées à cette époque, dans la première moitié du XIVe siècle de notre ère.

Les trois prescriptions sont : 1° عهد ملك الى ابنه ; 2° عهد وزير الى ولده ; 3° عهد رجل من ارفع طبقات العامّة الى ابنه .

Commencement : الحمد للّه الذى فضّل من شاء من الخليقة بتفضيله الخ .

Papier. Écriture Magrébine. 97 feuillets. 14 lignes par page. (Cas. 716.)

720

Titre : كتاب العقد الفريد للملك السعيد . . . . . تصنيف . . . . .

شمس الدين ابى عبد الله محمّد بن طلحة الشافعى « Livre intitulé : Le collier sans pareil, destiné au Roi Bienheureux....., œuvre de..... Schams ad-Dîn Aboû ʿAbd Allâh Moḥammad ibn Ṭalḥa le Schâfiʿite. » Le manuscrit de Paris 2440 ajoute : Al-Ḳoraschî Al-ʿAdawî ; Ḥâdjî Khalîfa, *Lexicon bibliographicum*, IV, p. 232, An-Naṣîbî, le vizir, mort en 652 de l'Hégire (1254 ap. J.-Ch.) ; cf. aussi Ahlwardt, *Verzeichniss*, VII, p. 666-667, où il est surnommé Kamâl ad-Dîn Aboû Sâlim. L'auteur était né en 582 (1186) d'après Pertsch, *Die arabischen Handschriften*, III, p. 432. Ce traité de politique en quatre règlements (قواعد) a été imprimé au Caire en 1283 (1866) ; cf. E. Lambrecht, *Catalogue de la Bibliothèque de l'École des Langues orientales vivantes*, I (1897), n° 2464. Il est dédié au Roi Bienheureux (*Al-Malik as-saʿîd*), c'est-à-dire à Nadjm ad-Dîn Gâzî, fils d'Ortoḳ Arslân, l'un des princes Ortoḳides de Mârîdîn. Manuscrit daté de 998 (1590). Commencement : الحمد لله حامى حوزة بلاده بملوك اجتباهم لحراسة عباده الخ.

Papier. Écriture Asiatique. 192 feuillets. 17 lignes par page. (Cas. 717.)

721

1° Titre : وصايا النبىّ صلّعم لابى هريرة رضه « Instructions du Prophète à Aboû Houraira. » ʿAbd ar-Raḥmân ibn Ṣakhr Ad-Dausî, surnommé Aboû Houraira, embrassa l'islamisme en l'an 7 de l'Hégire (628) et mourut à Médine en 57 (676) ; voir Slane dans Ibn Khallikân, *Bibliographical Dictio-*

nary, I, p. 570. Ce recueil de traditions s'appuie au fol. 106 v° sur Aboû 'l-ʿAbbâs Aḥmad [ibn ʿAlî ibn Yoûsouf Al-Kouraschi] Al-Boûnî, mort en 622 de l'Hégire (1225 ap. J.-Ch.). J'ai noté au fol. 130 r° le passage suivant : ومّا نُقل من كتاب الزهر الفائح فى وصف من تنزّه عن الذنوب والقبائح للشيخ ..... احمد بن محمد بن عبد اللّه السائح. Le même titre d'ouvrage, mais sans indication authentique d'auteur, se trouve en tête des manuscrits de Paris 1324, 2033, 2034. Commencement : رُوى عن رسول اللّه صلعم انه قال يا ابا هريرة لا تنظر الى عورة احد ولا ينظر احد الى عورتك فان لناظر والمنظور ملعونان فى النار ولا تطاء القبور فان اللّه تعالى يكلّفك وطء (ms. وطى) الجمرة الخ.

2° (Fol. 143 r°). Titre : حزب اسماء اللّه الحسنى للشيخ ابى سليمان داود الشاذلى « Litanie sur les plus beaux noms d'Allâh, par le schaikh Aboû Solaimân Dâwoud [ibn ʿOmar] Asch-Schâdhilî. » Cet écrivain, qui habitait Alexandrie, y mourut, d'après Ḥâdjî Khalîfa, II, p. 418; III, p. 58, en 732 de l'Hégire (1332 ap. J.-Ch.).

Papier. Écriture Asiatique. 155 feuillets. 21 lignes par page. Sans date. (Cas. 718.)

722

1° Titre : كتاب فيه نزهة المُجالس فى نخبة المَجالس انقال العبد ..... محمد ابن (*sic*) محمد « Livre contenant les Délices du compagnon dans l'élite des réunions, arrangement par le serviteur..... Moḥammad ibn Moḥammad. » Recueil d'anecdotes dont la fin manque et dont voici le commencement : الحمد لله ذى العزّة الباهره والمالك التظاهره الخ.

2° (Fol. 101 r°). On lit à la fin (fol. 178 v°) : كمل شرح الشهاب « Fin du commentaire sur le *Schihâb* ». Il s'agit du شهاب الاخبار « La flamme des récits », recueil en trois chapitres d'apophtegmes, de proverbes et d'enseignements empruntés à la tradition du Prophète, par Aboû ʿAbd Allâh Moḥammad ibn Salâma ibn Djaʿfar ibn ʿAlî ibn Ḥakmoûn Al-Ḳouḍâʿî, le Schâfiʿite, mort en 454 de l'Hégire (1062 ap. J.-Ch.). Trois exemplaires du texte existent à l'Escurial sous les n°s 736 (Cas. 732); 767 (Cas. 763); 1487, 2° (Casiri, 1482, 2°); sur ce dernier, voir *Bibliotheca Arabico-Hispana*, I, p. 519 *b*. Cf. aussi le ms. 752. Le commentateur est nommé en tête Aboû 'l-Ḳâsim ibn Isḥâḳ ibn Ibrâhîm Al-Warrâḳ Al-Bâbî; cf. Ḥâdjî Khalifa, IV, p. 85. Commencement : اما بعد حمد الله على نعمه التظاهرة الخ.

3° (Fol. 179 r°). Séries de prières en prose et en vers. La fin manque.

Papier. Écriture Magrébine. 219 feuillets. 15 lignes par page. Sans date. (Cas. 719.)

723

Fascicules III et IV d'un exemplaire magnifique et largement vocalisé du كتاب العقد الفريد « Livre intitulé : Le collier unique », ou plus brièvement العقد « Le collier », dont l'auteur est nommé, au fol. 85 r°, Aboû ʿOmar Aḥmad ibn Moḥammad Ibn ʿAbd Rabbihi. Il naquit à Cordoue en 246 de l'Hégire (860 ap. J.-Ch.) et y mourut en 328 (940). L'ouvrage est divisé en 25 livres (كتاب), dont chacun comprend deux subdivisions (جزآن). Chaque livre est nommé d'après un joyau. Le fascicule III, acéphale, comprend la seconde partie du livre sixième intitulé (fol. 84 v°) : كتاب الياقوتة فى العلم والادب « L'hyacinthe, sur la science et l'éducation »; le fascicule IV (fol. 85 r°) contient le livre septième intitulé : كتاب الجوهرة فى الامثال « La pierre précieuse, sur les proverbes ». L'ensemble du volume correspond, dans l'édition de Boûlâḳ de 1293 (1876), au tome I, p. 271-354. On trouvera plus loin, sous les nos 726 et 1710 (Cas. 723 et 1705) deux autres volumes de ce même exemplaire écrit pour la bibliothèque d'Aboû Mounâdim ʿAṭiyyat Allâh ibn Al-Manṣoûr en 424 de l'Hégire (1033 ap. J.-Ch.), collationné avec le plus grand soin (على الاجتهاد) en 426 (1035), collationné à nouveau en 483 (1090). Les deux dernières dates proviennent de ce manuscrit ; la première est empruntée au manuscrit 1710.

Papier. Écriture Asiatique. 129 feuillets. 13 lignes par page. (Cas. 720.)

724

Titre : كتاب الاداب « Livre des règles instructives », ou plus complètement d'après le fol. 1 v°, كتاب الآداب والامثال « Livre des règles instructives et des proverbes. » Le nom de l'auteur est donné dans le manuscrit 478 de Leyde (nouveau classement), qui contient le même ouvrage : Madjd al-Moulk Aboû 'l-Faḍl Dja'far Ibn Schams al-Khilâfa. Il mourut en 622 de l'Hégire (1225 ap. J.-Ch.). Sur lui, cf. les mss. 360 et 782, ainsi que Rieu, *Supplement*, p. 701. Cinq chapitres dont les titres sont donnés par J. de Goeje et Th. Houtsma, *Catalogus*, I, p. 284. Manuscrit daté de 725 (1325). Commencement : الحمد لله ربّ العالمين . . . . . فان الطف الكلام موقعا واشرفه موضعا كلمة حكمة . . . وقد جمعت فى كتابى هذا ما يصقل الخواطر الصديّة الخ.

Papier. Écriture Asiatique. 77 feuillets. 19 lignes par page. (Cas. 721.)

725

Manuscrit acéphale, sans titre et sans nom d'auteur. Il est signé au fol. 188 r° par le serviteur d'Allâh (عبد اللّه ; au fol. 188 v° عُبيد اللّه اقلّ عبيده) Aḥmad ibn Moḥammad Al-Marrâkoschî Al-Ḥidjâmî (?), dont je présume que nous avons ici l'autographe. Il cite quatre autres de ses ouvrages : 1° fol. 50 v° كمال البغية والنيل ; 2° fol. 121 v° (*sic*) تذكرة من اتّقا ; 3° fol. 154 v° مقالات الادباء ; 4° fol. 182 r° ; 183 v° ; 185 v° تحفة الانفس. Le commencement manque et le volume ouvre par le sous-titre suivant appartenant à la première section (القسم الاوّل) : ومن الحكمة المأثورة عن السلف وغيرهم. Voici les titres des trois autres sections : fol. 35 r° القسم الثانى فى السودد والمروءة ومكارم الاخلاق ومداراة

الناس والتأدّب معهم فى حالى الغنى (ms. الغنا) والاملاق ; fol. 73 r° القسم الثـالث فى طُرف من الحـكايـات والاداب الصادرة عن اولى الالبـاب والاحساب ; fol. 110 r° القسم الـرابـع فى جمل من الوصايـا والمواعظ الحسان العظيـمة الفائـدة والمنفّعة لكلّ انسان.

Papier. Écriture Magrébine. 188 feuillets. 15 lignes par page. (Cas. 722.)

726

Manuscrit acéphale. Fascicule I (السفر الاوّل) de l'exemplaire du كتاب العقد الفريـد, par Ibn ʿAbd Rabbihi, dont nous avons rencontré un volume sous le numéro 723 ; cf. aussi le ms. 1710. Le manuscrit 726, auquel manquent deux feuillets en tête, comprend le livre premier كتاب اللؤلؤة فى السلطان « La perle, sur le sultan » et le commencement du livre deuxième كتاب الفريـدة فى الحروب (ms. fol. 60 r° الزبرجدة) « Le solitaire, sur les guerres ». Il s'arrête avant le chapitre intitulé مشاورة المهدى لاهل بيته فى حرب خراسان (édition de Boûlaḳ, I, p. 70).

Papier. Écriture Asiatique. 109 feuillets. 13 lignes par page. (Cas. 723.)

727

1° Commencement et fin manquent. Anthologie de et sur Platon ; Apollonius de Perga ; Mahâ.....rḥîs (?) ou Mahâ.....rdjîs (?), corruptions de Mercurius (cf. Steinschneider, dans le *Jahrbuch für romanische und englische Literatur,* XII, p. 364) ; Basile, évêque de Césarée ; Grégoire de Nysse ; Gallien ; Alexandre, « le roi des rois ».

J'ai recueilli les titres : fol. 1 r° اخبار افلاطون : 2 r° من اداب افلاطون ومواعظه ; 6 r° وصايا افلاطون العشر ; 23 v° اداب ابلينوس (ms. ابلسيوس) ; 24 r° (sic) اخبار مهاه رحيس (cf. مهادرخيش dans le ms. de Paris 310, 6° ; مهاريس dans le ms. de Paris 2954 ; ماهاد رجيس dans le ms. de Munich 651, fol. 160, etc.) ; 24 r° وكلامه (sic) اداب مهاه رحيس ; 25 r° (ms. تاسليوس) اداب باسيايوس ; 27 v° اداب اغريغوريوس المتكلم ; ibid. اخبار جالينوس الحكيم ; 28 r° اداب جالينوس ومواعظه وحكمه ; 31 r° اخبار الاسكندر ; 38 v° اداب الاسكندر ملك ملوك الدنيا. Il serait intéressant de comparer ce manuscrit avec le manuscrit que nous décrirons plus loin sous le numéro 760, avec le manuscrit de Paris 3953, avec les manuscrits 1487 et 1488 de Leyde, etc.

2° (Fol. 39 r°). Commentaire sur un petit traité de législation musulmane. Commencement et fin manquent. Fol. 41 v° كتاب الفرائض ; 43 v° كتاب الحدود ; 44 v° كتاب المحاربين ; etc.

Papier. Écriture Magrébine. 87 feuillets. 23 lignes par page dans 1°; 32 dans 2°. Sans date. (Cas. 725.)

728

Manuscrit écrit et vocalisé avec le plus grand soin, auquel manque le commencement et aussi le dernier feuillet. On y lit au fol. 49 r° : كمل الجزء الثانى من البيان والتبيّن وهو الثانى من الاجزاء الثلاثة التى رتّبها عمرو بن بحر الجاحظ « Fin de la deuxième section de l'Exposé et de la distinction, et c'est la deuxième entre les trois sections qu'a établies 'Amr ibn Baḥr Al-Djâḥiṭh. » Le titre البيان والتبيّن est une variante de البيان والتبيين, donné dans le manuscrit du Caire (*Catalogue*, IV, p. 213) et dans Ḥâdjî Khalîfa, II, p. 81 ; cette variante paraît présenter le véritable titre de l'ouvrage ; car on la trouve non seulement en tête du manuscrit de Paris 4812, mais encore dans l'autographe d'Ibn Khallikân ; voir *Biographical Dictionary*, II, p. 405 et 409. L'auteur est Aboû 'Othmân 'Amr ibn Baḥr ibn Maḥboûb Al-Baṣrî, connu sous le surnom d'Al-Djâḥiṭh, né en 164 de l'Hégire (780 ap. J.-Ch.), mort en 255 (869). Ce manuscrit est le second volume d'un exemplaire complet en deux volumes. Nombreuses notes marginales, véritable commentaire sur ce recueil littéraire, poétique, biographique, dont une édition d'après le manuscrit du Caire y a paru en 2 volumes en 1313 (1895). M. le baron Victor Rosen a donné « une description détaillée du contenu de cet ouvrage » dans *Les Manuscrits arabes de l'Institut des Langues orientales*, p. 72-79. Le dernier feuillet, qui porte la date de 740 (1339), n'appartient pas au manuscrit et provient de l'abrégé du *Kitâb al-ḥayawân*, par Al-Djâḥiṭh, conservé sous la cote 897 (Cas. 892).

Papier. Écriture Magrébine. 162 feuillets. 21 lignes par page. Sans date, manuscrit du commencement du VIIIe siècle de l'Hégire. (Cas. 724.)

729

Titre : كتاب قوت القلوب الى معاملة المحبوب ووصف طريق المريد
الى مقام التوحيد تأليف ابي طالب محمد بن علي بن عطيّة « Livre

intitulé : La nourriture des cœurs pour savoir se conduire envers le Bien-Aimé et la description de la voie pour se diriger vers la sainteté de la foi au monothéisme, œuvre d'Aboû Ṭâlib Moḥammad ibn 'Alî ibn 'Aṭiyya. » La liste des 48 chapitres, dont se compose ce catéchisme du parfait ṣoûfî, est donnée par Flügel dans le Catalogue de Vienne, III, p. 317-319. Une note, au fol. 2 r°, dit que l'auteur était connu sous le nom du Mecquois (المعروف بالمكّى) et qu'il mourut en 386 de l'Hégire, c'est-à-dire en 996 ap. J.-Ch. Il est appelé Aboû Ṭâlib Al-Makkî dans le ms. 739, 1°; cf. aussi le ms. 740, 2°. La fin manque. Commencement : الحمد لله الاوّل الازلىّ قبل الكون والمكان من غير اوّل ولا بداية الخ.

Papier. Écriture Magrébine. 154 feuillets. 49 lignes très serrées par page. Sans date. (Cas. 726.)

730

Manuscrit acéphale, duquel il manque les 4 premiers cahiers. A la tranche inférieure, un titre qui paraît être, ainsi qu'il a été lu par Casiri, سبيل الصلاح « Le Chemin de la sainteté ». 36 chapitres, dont le 13e (fol. 10 v°) est le باب العلم ; le 35e (fol. 229 v°) est le باب الخُلق ; le 36e (fol. 264 r°) est le باب التواضع.

Papier. Écriture Asiatique. 269 feuillets. 30 lignes par page. Sans date. (Cas. sans numéro, après Cas. 726.)

In-quarto

731

Titre : كتاب لباب إحياء علوم [الدين] تصنيف الامام العلّامة حجّة الاسلام ابى حامد محمّد بن محمّد الغزالى..... اختصر هذا اللباب واختاره من كتاب الاحياء اخوه الشيخ الامام..... ابو الفتوح احمد بن محمّد الغزالى..... وقيل انه اختيار الشيخ بنفسه وهو الاشهر والاظهر « Livre intitulé : La Quintessence de la Révivification des sciences de la religion, œuvre de *Ḥodjdjat al-Islâm* Aboû Ḥâmid Moḥammad ibn Moḥammad Al-Gazâlî..... L'abrégé et le choix de cette Quintessence du livre de la Révivification proviennent de son frère, le schaikh, l'imâm..... Aboû 'l-Foutoûḥ Aḥmad ibn Moḥammad Al-Gazâlî..... D'autres prétendent que le choix a été fait par le schaikh lui-même, ce qui est l'opinion la plus accréditée et la plus vraisemblable. » Au-dessous de ce titre, on lit : كذا ذكر ابن العربى فى التدبيرات الالاهيّة « C'est ce qu'a rapporté Ibn Al-ʿArabî dans ses Organisations divines. » Est-ce Aboû Ḥâmid Al-Gazâlî lui-même qui a tiré la Quintessence en 40 chapitres des 40 livres de sa rédaction complète (cf. ms. 715), comme l'a présumé Mouḥyî ad-Dîn Moḥammad Ibn Al-ʿArabî, mort en 638 de l'Hégire (1240 ap. J.-Ch.) dans son التدبيرات الالاهيّه فى اصلاح المملكة الانسانيّه (Ḥâdjî Khalîfa, n° 2762 ; Fagnan, *Catalogue d'Alger*, ms. 911, 3°); et comme le suppose le ms. de Paris 4579 ? Est-ce le frère d'Aboû Ḥâmid Al-Gazâlî qui est l'auteur de cet abrégé, ainsi que le prétend Ḥâdjî Khalifa, I, p. 182 (cf. Catalogue de Berlin, II, p. 313)? C'est un problème d'histoire littéraire sans grande importance. Manuscrit excellent, vocalisé en partie, daté de 739 de l'Hégire (1338 ap. J.-Ch.). Commencement : الحمد لله على جميع نعمه حتّى على توفيقه لحمده..... امّا بعد فانه قد عنّ لى فى بعض اسفارى ان استخرج من كتاب احياء علوم الدين لبابه الخ.

Papier. Écriture Asiatique. 143 feuillets. 17 lignes par page. (Cas. 727.)

732

1° Titre : كتاب مدخل السلوك الى منازل الملوك تأليف الشيخ الصوفى المحقّق الزاهد محمّد (ms. محمود) بن محمّد الغزالى « Livre intitulé : L'introduction à la marche en avant vers les demeures des rois, par le schaikh, le ṣoûfî, le démonstrateur, l'ascète Moḥammad ibn Moḥammad Al-Gazâlî ». Copie datée de 749 de l'Hégire (1348 ap. J.-Ch.). L'auteur n'est autre que le célèbre philosophe Aboû Ḥâmid Moḥammad Al-Gazâlî (cf. mss. 631; 707, 3°; 715; 731; etc.). Autre exemplaire, ms. 763, 1°. Commencement : (ms. محمود) قال محمّد ابن محمّد بن محمّد الغزالى الحمد لله القائم بذاته المنفرد بعزّته القيّوم على سائر متبدّعاته الخ.

2° (Fol. 42). Titre : كتاب النفائس ومحاسن المجالس وشبكة الالباب ومطالعة الاحباب تأليف ... الصوفى .... ابى العبّاس احمد ابن محمّد بن العريف « Livre intitulé : Les trésors, les beautés des séances, le filet pour prendre les cœurs et la contemplation des bien-aimés, œuvre de..... le ṣoûfî..... Aboû 'l-ʿAbbâs Aḥmad ibn Moḥammad Ibn Al-ʿArîf. » L'ouvrage est ordinairement désigné plus brièvement comme محاسن المجالس; cf. Ḥâdjî Khalîfa, V, p. 413; Ibn Khallikân, *Biographical Dictionary*, I, p. 150; Catalogue de Berlin, III, p. 15. Quant à Ibn Al-ʿArîf, l'auteur de cette monographie sur les qualités nécessaires au parfait ṣoûfî, il naquit à Almeria en 481 (1088) et mourut à Marrâkousch en 536 (1141). Copie faite et collationnée sur l'original en 750 (1349). Commencement : (*sic*) قد استخرت اللّه تعلى فى جمع فصول من محاسن الكلام الصادرة عن اهل الالهام تسهّل على المريد صعوبة الطريق الخ.

3° (Fol. 54). Titre : من كلام زين العابدين سراج الصوفيّة والزاهدين ابو (*sic*) داوود سليمن بن عمر العلوى « Extrait de la parole de Zain al-ʿÂbidîn..... Aboû Dâwoud Solaimân ibn ʿOmar l'Alide. » L'auteur de cet opuscule mystique était peut-être un frère d'Aboû Solaimân Dâwoud ibn ʿOmar Asch-Schâdhilî; voir ms. 721, 2°. Copie datée de 749 (1348), collationnée avec l'original. Commencement: هذا ما وجد من كلام زين العابدين سراج الصوفيّة والزاهدين ابو (*sic*) داود سليمن بن عمر العلوى . . . قال رّه الاسرار لا يطلع عليها غير اربابها الخ.

4° (Fol. 73). Titre : وصيّة الشيخ . . . ابو (*sic*) الوليد الباجى . . . « Instruction du schaikh..... Aboû 'l-Walîd Al-Bâdjî. » L'auteur de cette Instruction est le jurisconsulte Mâlikite

Solaimân ibn Khalaf, né à Badajoz en 403 de l'Hégire (1013 ap. J.-Ch.), mort à Almeria en 474 (1081), sur lequel on peut consulter Ibn Khallikân, *Biographical Dictionary*, I, p. 593-594; Al-Makkarî, *Analectes*, I, p. 504-517. Copie datée de 749 (1348). Commencement : يا بنىّ هداكما اللّه وارشدكما ووفقكما وعصمكما وتفضّل عليكما بخير الدنيا والاخرة الخ.

5° (Fol. 86). Titre : الامر [المحكم] المربوط فيما يجب على اهل طريق الله تعلى (*sic*) من الشروط تأليف الامام ابى عبد اللّه محمّد بن على ابن العربى الحاتمى... « L'ordre [confirmé], formel, sur les conditions imposées aux gens qui s'avancent dans la voie d'Allâh le Très-Haut, œuvre de l'imâm Aboû 'Abd Allâh Moḥammad ibn 'Alî Ibn Al-'Arabî Al-Ḥâtimî. » Sur lui, voir les mss. 731 et 741, 1°. Copie datée de 749 (1348). Commencement : قال الشيخ الصوفى ابو عبد اللّه محمّد بن علىّ بن محمّد العربى الطائى الحاتمى... الحمد للّه الذى هدانا لهذا وما كنّا لنهتدى لولا ان هدانا اللّـه الخ.

Papier. Écriture Magrébine. 110 feuillets. 21 lignes par page. Manuscrit entièrement écrit de la même main en 749 et 750 de l'Hégire. (Cas. 728.)

733

A la tranche inférieure, on lit : تصوف بخط مغربى بخط التلمسانى « L'admission parmi les ṣoûfîs, écriture magrébine, écriture d'At-Tilimsânî. » A la marge du dernier feuillet, on lit sur quatre lignes, dont les trois premières se suivent de bas en haut : الكتاب باسره خط الفقيه

التلمسانى رَه تع « Le livre entier est de la main du jurisconsulte At-Tilimsânî ; qu'Allâh le Très-Haut l'ait en pitié ! » En dépit de la première indication, l'écriture de ce manuscrit, qui paraît être l'autographe de l'auteur, est du plus pur asiatique. Elle est datée de 550 de l'Hégire (1155 ap. J.-Ch.). Au fol. 1 v°, on lit : وسمته بالادراك « et j'ai intitulé mon livre : L'art d'atteindre le but ».

Cette initiation au ṣoûfisme comprend les 6 livres suivants : 1° كتاب لوّحنا فيه الى جملة الامر على جهة من تفضيل النذر ; 2° كتاب عرّفنا فيه ببعض لم نستقصه وجزء لم نستوف البيان عنه ; 3° كتاب سقينا (?) به من الامر وسفرنا فيه عن جليّة الحقّ ; 4° كتاب جمعنا فيه الشتات وانّسنا ; 5° كتاب عددنا فيه الحقوق وبيّنّا فيه اللوازم ; 6° كتاب اوضحنا به السبيل ورفعنا به التلذّذ به من الوحشة.

Quel est le jurisconsulte de Tlemcen qui a composé et écrit cet *Idrâk* en 550 (1155) ? C'est ce que je n'ai pas réussi à élucider. Commencement : الحمد لله حقّ حمده واثنى به باستيفاء ذلك الخ.

Papier. Écriture Asiatique. 203 feuillets. 14 lignes par page. (Cas. 729.)

734

Titre : كتاب شرح منازل السائرين للفقير الحقير عبد الرؤف بن تاج العارفين المناوى الشافعى « Livre intitulé : Commentaire sur les Stations des voyageurs, par..... 'Abd ar-Ra'ouf ibn Tâdj al-'Ârifîn Al-Mounâwî, le Schâfi'ite. » Sur l'ouvrage commenté et sur son auteur, appelé ici Aboû Ismâ'îl

Al-Harawî, voir ms. 716. Quant au commentateur, il mourut en 1035 de l'Hégire (1625 ap. J.-Ch.); cf. Ḥâdjî Khalîfa, *Lexicon bibliographicum*, VII, p. 564; P. de Jong et J. de Goeje, *Catalogus*, IV, p. 98. Le commentaire contenu dans notre manuscrit est le même qui se trouve, sans nom d'auteur, dans le ms. 2829 de Berlin; cf. *Verzeichniss*, III, p. 13-14. Commencement : الحمد لله ولى النعم والاحسان ومولى التوفيق والايمان الخ.

Papier. Écriture Asiatique. 57 feuillets. 25 lignes par page. Sans date. Manuscrit du XIe siècle de l'Hégire; premier feuillet ajouté après coup. (Cas. 730.)

735

Titre : كتاب الرسالة الى الصوفيّة من تحرير... ابى القسم عبد الكريم بن هوازن القشيرى « Livre intitulé : L'épître aux ṣoûfis, composée par..... Aboû 'l-Ḳâsim ʿAbd al-Karîm ibn Hawâzin Al-Ḳouschairî. » Sur l'auteur, voir ms. 710. Copie faite en 530 de l'Hégire (1135 ap. J.-Ch.) par le fils de l'auteur, Aboû 'l-Mouṭhaffar ʿAbd al-Mounʿim ibn ʿAbd al-Karîm ibn Hawâzin Al-Ḳouschairî. Commencement : الحمد لله الذى تفرّد بجلال ملكوته وتوحّد بجمال جبروته الخ.

Papier. Écriture Asiatique. 191 feuillets. 19 lignes par page. (Cas. 731.)

736

On lit à la fin de cet exemplaire : تمّ كتاب الشهاب. Nous avons donc ici un exemplaire du شهاب الاخبار « La flamme des récits », par Aboû ʻAbd Allâh Moḥammad Al-Ḳouḍâʻî, mort en 454 de l'Hégire (1062 ap. J.-Ch.). Voir d'autres exemplaires dans les mss. 767 (Cas. 763) et 1487, 2° (Cas. 1482, 2°); un supplément par l'auteur dans le ms. 752; enfin un commentaire sur ce livre dans le ms. 722, 2°. Copie datée de 947 (1540). Commencement : قُرِئَ على القاضى الجليل ابى عبد اللّه محمّد بن سلامة بن جعفر بن علىّ القضاعى رضى اللّه عنه بمصر قال الحمد للّه القادر الفرد الحكيم القاهر الصمد الخ.

Papier. Écriture Asiatique. 61 feuillets. 9 lignes par page. (Cas. 732.)

737

Titre donné dans la préface : اطباق الذهب « Les plateaux d'or. » L'auteur est appelé dans le manuscrit de Paris 3964, 2°, Scharaf ad-Dîn..... ʻAbd al-Mou'min ibn Hibat Allâh As-Sabroûdj; cf. Ḥâdjî Khalîfa, I, p. 342; VII, p. 601. M. Rieu, *Supplement to the Catalogue of Arabic Manuscripts*, p. 633, a reconnu son identité avec le poète persan Scharaf ad-Dîn ʻAbd al-Mou'min, de Schoufourwah (شفروه) près d'Ispahan, mort vers 600 de l'Hégire (1203 ap. J.-Ch.). Aussi est-il appelé par les Arabes Al-Iṣfahânî. Quant à ce petit livre, il se compose de cent dictons (مقالة), comme les اطواق الذهب (Colliers d'or) d'Az-Zamakhscharî, qui lui ont servi de modèle. La notice donnée à propos du ms. 544 (I, p. 374) doit être rectifiée et complétée d'après ces données nouvelles. Manuscrit daté de 976 (1588). M. de Hammer a donné des extraits de cet ouvrage traduits en allemand dans les *Fundgruben des Orients*, VI, p. 240-257 ; 365-390.

Papier. Écriture Asiatique. 50 feuillets. 13 lignes par page. (Cas. 733.)

738

Titre : الفتوحات الرحمانيّه فى حلّ الفاظ (ms. الالفاظ) الحكم العطائيّه (ms. العطايّه) تأليف... شهاب الدين احمد [بن احمد] بن محمّد بن عيسى البُرنسى عُرف بزّوق المغربى وهو الشرح الخامس عشر على الحكم العطائيّة « Les révélations divines, éclaircissement des expressions employées dans les Apophtegmes d'Ibn 'Aṭâ Allâh, œuvre de.... Schihâb ad-Dîn Aḥmad [ibn Aḥmad] ibn Moḥammad Al-Bournousî, connu sous le nom de Zarroûḳ Al-Magribî, et c'est le commentaire XV sur les Apophtegmes d'Ibn 'Aṭâ Allâh. » Cette division de notre commentaire en quinze instructions (درس) est connue de Ḥâdjî Khalîfa, III, p. 83 ; cf. aussi Ahlwardt, *Verzeichniss*, VII, p. 609. Un autre commentaire, par le même auteur, se trouve dans le ms. 776. L'ouvrage commenté a pour sujet les règles du ṣoûfisme et pour auteur Tâdj ad-Dîn Aboû 'l-Faḍl Aḥmad ibn Moḥammad ibn 'Abd al-Karîm Al-Iskandarî Asch-Schâdhilî le Mâlikite, dénommé Ibn 'Aṭâ Allâh, mort au Caire en 709 de l'Hégire (1309 ap. J.-Ch.). Voir le texte dans les mss. 763, 2°; 786; 788, 21°, et le commentaire d'Ibn 'Abbâd dans le ms. 740, 1°. Le

commentateur est appelé Al-Fâsî, parce qu'il était né à
Fez. Il vécut de 846 à 896 ou 899 (1442 à 1491 ou 1494);
cf. Rieu, *Catalogus*, p. 391, 394 et 404; *Supplement*, p. 159
et 809. Copie datée de 1004 (1595). Commencement :

الحمد لله الملك الحكيم الفتّاح العليم الخ.

Papier. Écriture Asïatique. 191 feuillets. 21 lignes par page. (Cas.
734.)

739

1° Titre : كتاب علم القلوب من تصانيف ... ابى طالب
المكّى... « Livre intitulé : La science des cœurs, l'un
des écrits de..... Aboû Ṭâlib Al-Makkî. » Sur l'auteur,
voir les mss. 729 et 740, 2°. Livre sur le ṣoûfisme en
10 chapitres. Sans date. Commencement : الحمد للـه ربّ
العالمين... باب ماهيّة الحكمة وعظم قدرها الخ.

2° (Fol. 89). Titre : كتـاب فيه طرق الوسائل وتملّق السائل
للشيـخ ... عزّ الدين عبد السلام بن ... احمد بن ... غانم المقدسى
« Livre contenant les Voies des sollicitations et la flatterie
de celui qui invoque Allâh, par le schaikh... 'Izz ad-Dîn
'Abd as-Salâm ibn Aḥmad ibn Gânim Al-Maḳdisî. »
D'autres lisent Al-Mouḳaddasî, comme je l'ai fait, I, p. 359,
à propos du ms. 530, 2°, du même auteur, à l'imitation
de Garcin de Tassy, *Les Oiseaux et les Fleurs, allégories
morales d'Azeddin al Mocadassi*, Paris, 1821. Sur l'ouvrage ascétique que je décris, voir les extraits donnés
par J. de Goeje, *Catalogus*, V, p. 15-16. Copie datée

de 975 de l'Hégire (1567 ap. J.-Ch.). Commencement : الحمد لله الذى ضرب للناس الامثال الخ.

3° (Fol. 157). On lit au bout : وهذا اخر كتاب مواقف الغايات واسرار الرياضات « Et voici la fin du livre intitulé : Les stations extrêmes et les secrets des mortifications. » L'auteur de cet opuscule est, d'après Ḥâdjî Khalifa, VI, p. 235, Aboû 'l-'Abbâs Aḥmad Al-Boûnî Al-Ḳouraschî, mort en 662 de l'Hégire (1225 ap. J.-Ch.) ; voir aussi Catalogue de Berlin, III, p. 19-20. Copie datée de 976 (1568). Commencement : الحمد لله الذى رفع حجب استار الاسرار عن حقائق بصائر المقرّبين الخ.

4° (Fol. 172). Titre : تثبيت الملك بتفسير قوله تعالى قل اللهمّ مالك الملك لشيخ الاسلام البرهانى ابن ابى شريف « Affermissement de la royauté par l'explication de la parole d'Allâh : Dis : O Allâh, toi qui possèdes la royauté, par le schaikh de l'islâm Al-Bourhânî Ibn Abî Scharîf. » L'auteur de cette application à la politique du *Coran*, III, 25, est Bourhân ad-Dîn Ibrâhîm ibn Moḥammad Ibn Abî Scharîf Al-Maḳdisî (ou Al-Mouḳaddasî), mort en 922 de l'Hégire (1516 ap. J.-Ch.). Sur son père, voir Rieu, *Supplement*, p. 362. Sans date, écrit de la même main et en même temps que 2° et 3°. Commencement : الحمد لله مالك الملك يؤتى الملك من اراد وينزعه ممّن يشا، الخ.

5° (Fol. 180). Titre : كتاب تفليس ابليس للشيخ . . . عزّ الدين عبد السلام بن غانم المقدسى « Livre intitulé : L'action de réduire Iblîs à la misère, par le schaikh... 'Izz ad-Dîn 'Abd as-Salâm ibn Gânim Al-Maḳdisî. » Opuscule destiné à dévoiler les ruses du diable afin de le rendre impuissant à nuire, composé par l'auteur de 2° à l'imitation du تلبيس ابليس « La confusion d'Iblis » de 'Abd ar-Raḥmân Ibn Al-Djauzi, sur lequel voir mss. 389; 436, 3°; 542; 716; 717. Autre exemplaire dans le ms. 761, 2°. Sans date, même écriture que 2°-4°. Commencement : الحمد لله الذى خلق ادم وجعله للبشر ابا واستخرج ذرّيته الخ.

6° (Fol. 190). Commentaire sur la *Fâtiḥa*, c'est-à-dire sur la première soûra du Coran, sans titre et sans indication d'auteur. Sans date, également de la même main. Commencement : الحمد لله ربّ العالمين . . . اما بعد فقدما كان يخالج صدرى . . . ان ارتب فى تفسير كلام الله وتأويل اياته كتابا . . . ولكن كان يعوقنى عنه حوادث الزمان . . . حتى كبر سنّى . . . وها انا مبتدئ ببعض الاحاديث الواردة فى شأن الفاتحة التى هى امّ الكتاب الخ.

Papier. Écriture Asiatique. 198 feuillets. 21 lignes dans 1°; 29 lignes dans 2°; 31 lignes dans 3°-6° par page. (Cas. 735.)

740

1° On lit à la tranche inférieure : كتاب فيه شرح الحكم لابن عباد ورسائله « Volume renfermant le commentaire des Apophtegmes par Ibn 'Abbâd et ses épitres. » L'auteur du commentaire est nommé en tête Moḥammad ibn Ibrâhîm Ibn 'Abbâd An-Naffazi Ar-Rondi (cf. ms. 788, 22°). Né en 733 de l'Hégire (1333 ap. J.-Ch.), il mourut en 792 (1390). L'ouvrage commenté est, comme dans le ms. 738, الحكم العطائيّة « Les Apophtegmes d'Ibn 'Aṭâ Allâh ». Le texte est dans les mss. 763, 2°; 786; 788, 21°. Ce commentaire a été publié à Boûlâḳ en 1287 (1870); cf. Lambrecht, *Catalogue*, n° 2471. Exemplaire non daté, collationné avec l'original. Commencement : الحمد لله المنفرد بالعظمة والجلال الخ.

2° (Fol. 183 v°). A la fin on lit : انتهت الرسائل « Sont terminées les Épitres. » Ces épitres ont également pour auteur Ibn 'Abbâd. Elles sont introduites par la note suivante : كتاب فيه جواب سؤال اورده بعض الناس على مسئلة فى كتاب قوت القلوب فى باب الخوف منه وفيه زيادة مفيدة يحتاج اليها المريد فى مخالطة بعض الناس. Sur le *Ḳoût al-ḳouloûb*, par Aboû Ṭâlib Moḥammad Al-Makkî, voir le ms. 729. Sans date, suite de 1°. Commencement de la première épitre : اسلّم عليكم كثيرا واسئل ربّى عزّ وجلّ لى ولكم. . . امّا بعد فقد وصلنى منكم كتاب وانتم تطلبون فيه بيان المسئلة الواقعة فى كتاب ابى طالب البيان الشافى. Le *Bayân asch-schâfî* est ici le titre d'un autre ouvrage, par Aboû Ṭâlib Moḥammad Al-Makkî.

3° (Fol. 237). Titre : كتاب فتح التحفه واضاءة الشرفه « Livre intitulé : La conquête du cadeau et l'éclat de l'élévation. » L'auteur est nommé en tête Aboû 'Abd Allâh Moḥammad ibn Ibrâhîm Ibn 'Abbâd An-Naffazî ; cf. 1° et 2°. Observations suggérées à l'auteur par l'étude d'une compilation (مجموع) intitulée : تحفة الموفّقين المحبّين لسنّة سيّد المرسلين « Présent offert à ceux qui sont protégés par Allâh, qui aiment la tradition du Chef des envoyés. » Sans date ; même écriture que 1° et 2°. Commencement : الحمد للّه الذى انعم علينا بالاسلام الخ.

Papier. Écriture Magrébine. 265 feuillets. 25 lignes par page. (Cas. 736.)

741

1° On lit à la fin : تمت رسالة القدس فى مناصحة النفس « Est terminée l'Épître sur la sainteté, conseils sincères à l'âme. » L'auteur est appelé au début : Aboû 'Abd Allâh Moḥammad ibn 'Alî ibn Moḥammad Ibn Al-'Arabî Aṭ-Ṭâ'î Al-Ḥâtimî. Son Épître, que Ḥâdjî Khalîfa (III, p. 427) appelle plus brièvement الرسالة القدسية, a été adressée par l'auteur en 600 de l'Hégire (1203 ap. J.-Ch.) de La Mecque à « son ami et frère..... Aboû Moḥammad 'Abd al-'Azîz ibn Abî Bakr Al-Ḳouraschî Al-Mahdawî, habitant Tunis. » Sur Ibn Al-'Arabî, voir les mss. 731 et 732, 5°. Copie datée de 882 (1477). Commencement : سلام عليك ورحمة الله وبركاته اما بعد فان النصح اولى ما تعامل به رفيقان وتسامر به صديقان الخ.

2° (Fol. 61 v°). Le titre est donné en tête de la préface : تحفة واهب المواهب فى بيان المقامات والمراتب « Cadeau de celui qui fait des présents, description des stations et des degrés. » L'auteur, qui a divisé sa classification des ṣoûfis en une préface, 4 stations et 6 degrés, serait, d'après Ḥâdjî Khalîfa, II, p. 242, Aboû 'l-Ḥasan Moḥammad ibn 'Abd ar-Raḥmân Al-Bakrî, dont la rédaction aurait été terminée en 922 (1516). Le manuscrit de Berlin (*Verzeichniss*, III, p. 201) nomme l'auteur Zain ad-Dîn Aboû 'l-Waḳt 'Abd al-Laṭîf ibn 'Abd ar-Raḥmân Ibn Gânim Al-Maḳdisî, mort en 856 (1452). Cette donnée concorde avec une notice faisant double emploi dans Ḥâdjî Khalifa, II, p. 243 (n° 2694), qui lui attribue notre opuscule sous le titre de التحفة فى المقامات والمراتب. Copie sans date. Commencement : الحمد لله الذى سلك باوليائه سبيل الرشاد الخ.

3° (Fol. 84). Fragment d'un ouvrage sur le ṣoûfisme et sur les entretiens de l'homme avec Allâh (مناجاة). Parmi ses autorités l'auteur loue son maître (سيّدى) Aboû ʿAbd Allâh Ibn ʿAbbâd (cf. le ms. 740) dont il cite un poème en vers radjaz (ارجوزته). L'auteur vivait donc à la fin du VIIIe siècle de l'Hégire.

4° (Fol. 109 v°). Le nom de l'auteur est donné en tête : Aboû 'l-ʿAbbâs Aḥmad ibn Aḥmad ibn Moḥammad ibn ʿÎsâ Al-Bournousi Al-Fâsi, connu sous le nom de Zarroûḳ ; cf. 5° et le ms. 738. Le titre de ce petit traité est, d'aprés Ḥâdji Khalifa, IV, p. 575, قواعد الطريقه فى الجمع بين الشريعة والحقيقه « Règles de la voie, sur l'union entre la loi religieuse et la réalité. » Copie datée de 966 de l'Hégire (1559 ap. J.-Ch.). Commencement : الحمد لله كما يجب لعظيم مجده وجلاله...... وبعد فالقصد بهذا المختصر وفصوله تمهيد قواعد التصوّف واصوله الخ.

5° (Fol. 149 v°). On lit à la fin : كمل شرح القرطبيّة « Ici se termine le commentaire sur la *Ḳourṭoubiyya.* » Le commentaire se rapporte aux prolégomènes (مقدّمة) du traité cordovien, c'est-à-dire du تذكرة القرطبى « Mémorial de l'auteur de Cordoue « ou encore التذكرة باحوال الموتى وامور الاخرة « Le mémorial sur les états des morts et sur les choses de la vie future. » L'auteur de ce livre eschatologique est Schams ad-Dîn Aboû ʿAbd Allâh Moḥammad ibn Aḥmad Al-Anṣârî Al-Khazradjî Al-Ḳourṭoubî, mort en 671 de l'Hégire (1272 ap. J.-Ch.). Quant au commentateur, il est nommé en tête Aḥmad ibn Aḥmad ibn ʿÎsâ Al-Bournousî Al-Fâsî, connu sous le nom de Zarroûḳ. Cf. 4° et le ms 738. Copie datée de 937 (1530). Commencement : الحمد لله الذى اوجب على عباده لوازم العبودية الخ.

Papier. Écriture Asiatique dans 2°, Magrébine dans 1°, 3°, 4° et 5°. 208 feuillets. 23 lignes dans 1° ; 19 lignes dans 2° ; 32 lignes dans 3° ; 25 lignes dans 4° ; 21 lignes dans 5° par page. (Cas. 737.)

742

Titre : كتاب مسرح الافكار فى نسمات الازهار بل مقتطفات الازهار فى مستطرفات الاخبار « Le pré des pensées sur les parfums des fleurs ; qui plus est, les fleurs cueillies sur les récits choisis. » L'auteur est nommé en tête Aḥmad ibn Moḥammad ibn ʿOmar Ibn Mouṭair Ar-Rabaʿî. Je ne suis renseigné ni sur le compilateur de cette anthologie, ni sur l'ami en vue duquel il l'a composée, ni sur l'époque à laquelle ont été cueillies les cent « fleurs » (زهرة) dont elle se compose. Commencement : الحمد لله الذى بدأ بالنعمة قبل سؤالها..... وبعد فان محبكم..... احمد بن محمد بن عمر بن مُطير..... مدّ يد الاختيار والاستجادة عما يقع منك..... بحسب الايثار والارادة من تصنيف كتاب لطيف..... فى مقطّعات ادب الخ.

Papier. Écriture Magrébine. 88 feuillets. 13 lignes par page. Sans date. (Cas. 738.)

743

1° كتاب الداء والدواء « Livre intitulé : La maladie et le remède. » L'auteur est appelé au début le schaikh de l'islâm Aboû ʿAbd Allâh Moḥammad ibn Abî Bakr Asch-Schâmî. C'est Ibn Ḳayyim Al-Djauziyya, mort en 751 de l'Hégire (1350 ap. J.-Ch.) ; cf. ms. 716. C'est une consultation sur les vertus curatives de la première soûra du Coran ; voir Ḥâdjî Khalîfa, III, p. 183. Copie datée de 770 (1368). Commencement : ربّ يسّر واعن برحمتك الخ.

2° (Fol. 126). Opuscule inspiré par les 6 volumes du كتاب شعب الايمان « Livre intitulé : Les branches de la foi, » par Aboû Bakr Aḥmad ibn Al-Ḥosain Al-Baihaḳî, mort en 458 de l'Hégire (1066 ap. J.-Ch.). Cet opuscule, copié en 770 (1368) de la même main que 1°, annonce 77 chapitres, mais n'en contient que 75. Commencement : الحمد لله ربّ العالمين.... وبعد فقد تكرّر من بعض اكابر العلماء عدّة مكتوبات من واسط الى بغداذ فى السؤال عن عدد شعب الايمان حيث ورد فى صحيحى البخارى ومسلم من حديث ابى هريرة... عن النبيّ..... انه قال الايمان بضع وستّون او بضع وسبعون شعبة الخ.

Papier. Écriture Asiatique. 145 feuillets. 22 lignes par page. (Cas. 739.)

744

Titre au fol. 2 r° : قطعة تفسير آية التصلية على سيّد البشر...... للعلّامة الفاضل الشهير بلباب ابن عادل..... « Fragment contenant le commentaire sur le verset relatif à la *taṣliya* sur le chef des humains, par le très savant, l'éminent, commentaire connu sous le nom du *Loubâb* (La quintessence) d'Ibn 'Âdil. » C'est un extrait du اللباب فى علوم الكتاب « La quintessence sur les sciences du Livre (sacré) », commentaire du Coran en 6 volumes, par Sirâdj ad-Dîn Ibn 'Âdil Aboû Ḥafṣ 'Omar ibn 'Alî Ibn 'Âdil Al-Ḥanbalî Ad-Dimischḳî ; voir Ḥâdjî Khalîfa, V, p. 302 ; Fagnan, *Catalogue d'Alger*, p. 83-84. Ce commentaire a été terminé par son auteur en 879 de l'Hégire (1474 ap. J.-Ch.) ; voir *Catalogue de la Bibliothèque khédiviale*, I, p. 92. Notre fragment se rapporte à *Coran*, xxxiii, 56. A la tranche inférieure : من تفسير العلامة. Commencement : فى التصلية مع احاديثها وحكاياتها قوله عزّ وجلّ ان الله وملائكته يصلّون على النبيّ اعلم ان الله تعالى لمّا امر المؤمنين بالاستيذان وعدم النظر الى وجوه نسائه احتراما له كمّل ببيان حرمته الخ.

Papier. Écriture Asiatique. 140 feuillets. 17 lignes par page. (Cas. 740.)

745

1° Titre : ادعية مباركة لسيّدى الشريف ابى الحسن علىّ الشاذلى « Invocations bénies, par monseigneur le *scharîf* Aboû 'l-Ḥasan 'Alî Asch-Schâdhilî. » Recueil de prières en prose et en vers, par Noûr ad-Dîn Aboû 'l-Ḥasan 'Alî ibn 'Abd Allâh ibn al-Djabbâr Asch-Schâdhilî Al-Yamanî, qui mourut en 656 de l'Hégire (1258 ap. J.-Ch.) ; cf. mss. 143, 2° ; 236, 8° ;

768, 23°. Sans date, de 893 (1488), comme 2°. Commencement : اللهمّ انك تعلم انى بالجمالة معروف الخ.

2° (Fol. 81 v°). Commentaire sur la poésie de Ka'b ibn Zohair intitulée *Bânat Sou'âd;* cf. mss. 270, 1°; 304, 1°; 305; 470, 6°. L'auteur du commentaire n'est pas nommé; c'est Aboû Zakariyâ Yaḥyâ ibn 'Alî ibn Al-Ḥasan Al-khaṭîb At-Tabrîzî, né en 421 de l'Hégire (1030 ap. J.-Ch.), mort en 502 (1108). Copie datée de 893 (1488). Commencement : قوله بانت اى فارقت يقال بان يبين بينا وبينونة اذا فارق فراقا بعيدا الخ.

3° (Fol. 113 r°). Titre : هذه القصيدة المباركة لصفىّ الدين الحلّى فى مدح رسول الله..... « Ceci est la poésie bénie de Ṣafî ad-Dîn Al-Ḥillî à l'éloge de l'Envoyé d'Allâh. » Ṣafî ad-Dîn Aboû 'l-Faḍl (ou Aboû 'l-Maḥâsin) 'Abd al-'Azîz ibn Sarâyâ Aṭ-Ṭâ'î As-Sinbisî Al-Ḥillî mourut entre 750 et 759 de l'Hégire (entre 1349 et 1358 ap. J.-Ch.); cf. mss. 240, 2°; 248, 2°; 390, 1°. Le dîwân de Ṣafî ad-Dîn Al-Ḥillî a été imprimé à Damas en 1297 (1880). Le poème contenu dans notre ms. s'y trouve p. 47-51. Premier hémistiche :

كفى البدر حسنا ان يقال نظيرها

A la suite, toute une série de poésies édifiantes, écrites, comme l'ensemble du manuscrit, en 893 (1488).

Papier. Écriture Magrébine. 182 feuillets. 13 lignes par page. (Cas. 741.)

746

Titre : كتاب مصباح الظلام فى المستغيثين بخير الانام فى اليقظة والمنام تأليف..... شمس الدين ابى عبد الله محمد بن موسى بن النعمان المزالى. Autre exemplaire, ms. 530, 1°. Copie datée de 870 de l'Hégire (1465 ap. J.-Ch.).

Papier. Écriture Asiatique. 84 feuillets. 21 lignes par page. (Cas. 742.)

747

Titre : كتاب انس المنقطعين تأليف..... ابى محمد ابن اسمعيل بن الحسن بن الحسين « Livre intitulé : La société de ceux qui ont renoncé au monde, œuvre de Aboû Moḥammad ibn Ismâ'îl ibn Al-Ḥasan ibn Al-Ḥousain. » Le nom de l'auteur Al-Mou'âfâ est donné avant la préface, avec interversion des noms Al-Ḥasan et Al-Ḥousain. Ajoutez Asch-Schaibânî Al-Mauṣilî, qui, né à Mauṣil en 551 de l'Hégire (1156 ap. J.-Ch.), y mourut en 630 (1232). La préface de ce recueil contenant 300 traditions du Prophète, 300 récits et des vers détachés est conforme à ce qu'ont publié W. Pertsch, *Die arabischen Handschriften*, I, p. 475 ; Ahlwardt, *Verzeichniss*, VII, p. 664. Le commencement d'une édition, avec traduction latine, a paru comme dissertation doctorale de M. Jos. Cohn (Vratislaviæ, 1875). Copie datée de 982 (1574).

Papier. Écriture Asiatique. 114 feuillets. 21 lignes par page. (Cas. 743.)

748

Rédaction abrégée du كتاب ادب الدين والدنيا « Livre intitulé : L'institution de la religion et du monde. » Le volume, dont le premier feuillet manque, commence au fol. 1 r° par une notice sur l'auteur et ses ouvrages. Il y est nommé Aboû 'l-Ḥasan ʿAlî ibn Moḥammad ibn Ḥabîb Al-Baṣrî Asch-Schâfiʿî connu sous le nom d'Al-Mâwardî, et la date de sa mort, 450 de l'Hégire (1058 ap. J.-Ch.), est exactement donnée au fol. 1 v°. Voir ms. 525 (I, p. 353 et 524), où le titre est donné avec آداب, d'après le ms. Commencement, au fol. 1 v°, aussitôt après la notice biographique : وهذا كلام المصنف فى صدر الكتاب قال ان شرف المطلوب بشرف نتائجه الخ.

Papier. Écriture Magrébine. 102 feuillets. 17 lignes par page. Sans date. (Cas. 744.)

749

Titre : كتاب الصفا فى معاملة اهل الوفا تأليف..... الصوفى زين العابدين ابو (*sic*) العبّاس احمد الشيرازى « Livre intitulé : La pureté dans l'art de traiter les gens parfaits, œuvre de..... le ṣoûfî Zain al-ʿÂbidîn Aboû 'l-ʿAbbâs Aḥmad Asch-Schîrâzî. » Je ne sais rien sur l'auteur de ce traité en 30 chapitres. Il est peut-être identique avec Aboû 'l-ʿAbbâs Aḥmad l'ascète (الزاهد), l'auteur de 1253, 2° (cf. Rieu, *Catalogus*,

p. 393). Copie datée de 842 de l'Hégire (1438 ap. J.-Ch.). Commencement : الحمد لله الذى خلق الخلائق واعمالهم الخ.

Papier. Écriture Magrébine. 76 feuillets. 19 lignes par page. (Cas. 745.)

750

Titre général : مجموع مبارك يشتمل على ثلاثة كتب منازل الارواح وروضة المريدين والاربعين حديثا للشيخ الامام العلامة عبد العظيم المنذرى « Recueil béni comprenant trois livres : Les stations des âmes, Le jardin des aspirants, Les quarante traditions du schaikh, de l'imâm, du très savant ʿAbd al-ʿAṭhîm Al-Moundhirî. »

1° Titre à la fin : منازل الارواح « Les stations des âmes. » Traité ṣoûfî d'eschatologie, comprenant une introduction, cinq chapitres et une conclusion. L'auteur est, d'après le Catalogue du Caire (II, p. 137), Moḥammad ibn Solaimân ibn Saʿd Ar-Roûmî, connu sous le nom du maître (المولى) Moḥyî ad-Dîn Al-Kâfiyadjî, né à Kakdjah Kî, dans la province de Ṣaroukhân, en 801 de l'Hégire (1398 ap. J.-Ch.), mort en 879 (1474) ; pour ces dates, voir Rieu, *Supplement*, p. 205. Copie datée de 896 (1491). Commencement : الحمد لله الذى خلق النفس الخ.

2° (Fol. 27 v°). Titre dans la préface : روضة المريدين « Le jardin des aspirants. » L'auteur est appelé en tête le schaikh Aboû Djaʿfar Moḥammad ibn Al-Ḥosain ibn Aḥmad Ibn Yazdânyâr (l'ami de Dieu). Petit traité des règles et des pratiques du ṣoûfisme. Copie sans date, écrite de la même main que 1°. Commencement : الحمد لله ربّ العالمين حمدا يكون له به رضى..... اما بعد فقد سألنى بعض اخوانى ان اجمع لهم فصولا فى معنى اداب الصوفيّة واحكامهم وطريقتهم واخلاقهم الخ.

3° (Fol. 63 v°). Commentaire, par Ṣadr ad-Dîn Aboû ʿAbd Allâh Moḥammad [ibn Ibrâhîm] As-Soulamî (ou As-Salâmî) Al-Mounâwî le Schâfiʿite, sur les 40 traditions (الاحاديث الاربعون) choisies par Zakî ad-Dîn ʿAbd al-ʿAṭhîm [ibn ʿAbd al-Ḳawî ibn ʿAbd Allâh] Al-Moundhirî. Celui-ci mourut en 656 de l'Hégire (1258 ap. J.-Ch.) ; quant à l'auteur du commentaire, je l'identifie avec celui qui est nommé dans Ḥâdjî Khalîfa, IV, p. 337 (cf. V, p. 569) et dans Rieu, *Supplement,* p. 814, et qui mourut en 879 (1474). A la fin, on lit : قال المؤلّف..... هذا اخر ما اضفناه الى تخريج الاحاديث الاربعين. Copie sans date, de la même main que 1° et 2°. Commencement : الحمد لله على شمول فضله ونعمته الخ.

Papier. Écriture Asiatique. 77 feuillets. 19 lignes par page. (Cas. 746.)

751

Titre : كتاب طهارة القلوب والخضوع لعلّام الغيوب تأليف..... ضياء الدين عبد العزيز ابن (*sic*) ابو (*sic*) العبّاس شهاب الدين احمد الديرينى « Livre intitulé : La pureté des cœurs et l'humilité devant Celui qui connaît à fond les mystères, œuvre de..... Ḍiyâ ad-Dîn ʿAbd al-ʿAzîz ibn Aboû 'l-ʿAbbâs Schihâb ad-Dîn Aḥmad Ad-Dîrînî. » Traité de la foi musulmane, dont les 30 sections (فصل) sont énumérées dans Rieu, *Supplement*, p. 152, et dans Ahlwardt, *Verzeichniss*, VII, p. 674. L'auteur mourut en 694 de l'Hégire (1295 ap. J.-Ch.). Copie écrite avec grand soin et vocalisée en 814 (1411). Commencement : الحمد لله الذى تفرّد قبل وجود اللغات بالاسماء الحسنى الخ.

Papier. Écriture Asiatique. 243 feuillets. 15 lignes par page. (Cas. 747.)

752

Titre : الجزء الاوّل من كتاب مسند الشهاب جمع القاضى ابى عبد الله محمّد بن سلامة بن جعفر بن على القضاعى (ms. العصاعى) « Premier fascicule du livre intitulé : Le point d'appui du *Schihâb*, compilation par le ķâḍî Aboû ʿAbd Allâh Moḥammad ibn Salâma ibn Djaʿfar ibn ʿAlî Al-Ķouḍâʿî. » L'auteur du *Schihâb al-akhbâr* (textes dans les ms. 736 ; 767 et 1487, 2° ; commentaire dans le ms. 722, 2°), qui mourut en 454 de l'Hégire (1062 ap. J.-Ch.), avait réuni dans son livre 1200 traditions du Prophète, sans indiquer ses autorités. C'est pour combler cette lacune qu'il écrivit le livre, dont nous possédons ici un premier volume, écrit en 453 (1061) du vivant et sous la dictée de l'auteur. Le deuxième fascicule commence au fol. 13 r° ; le quatrième au fol. 23 r°, le troisième faisant défaut. La date de 453 est répétée à la fin du 2e et du 4e fascicule. La genèse de ce supplément est bien indiquée dans Ḥâdjî Khalîfa, IV, p. 83 et 84 ; cf. V, p. 541. Le manuscrit, sans points diacritiques, est d'un déchiffrement peu aisé. Il devait être complété par un autre volume au moins. Commencement : اخبرنا القاضى ابو عبد الله محمّد بن سلامة بن جعفر بن على القضاعى الحمد لله ربّ العالمين..... هذا كتاب جمعت فيه اسانيد ما تضمّنه كتاب الشهاب من الامالى والمواعظ والاداب الخ.

Papier. Écriture Magrébine. 34 feuillets. 17 lignes par page. (Cas. 748.)

753

On lit en tête de ce volume : صاحبه حسن بن عبد الله « Son auteur est Ḥasan ibn ʿAbd Allâh. » Ce que j'interprète comme s'appliquant à Aboû Hilâl Ḥasan ibn ʿAbd Allâh ibn Sahl ibn Saʿîd Al-ʿAskarî, mort peu après 400 de l'Hégire (1009 ap. J.-Ch.). Sans oser l'affirmer, je présume que nous avons ici l'ouvrage consacré par Aboû Hilâl Al-ʿAskarî aux Curiosités de la langue arabe (النوادر فى العربيّة); cf. Ḥâdjî Khalîfa, VI, p. 388; Flügel, *Die grammatischen Schulen*, p. 254.

La forme adoptée est celle d'une épître en réponse à une foule de questions littéraires et linguistiques posées par un ami; cf. du même auteur le ms. 7052 de Berlin (*Verzeichniss*, VI, p. 295). Voici ce que j'ai recueilli dans mes notes : fol. 2 v° وسألتنى عن قصّة صولة; 6 v° ومن كلام اهل مكّة; 9 v° وسألتنى عن الاسفنط والمصطار وهما من اسماء الخمر, note sur l'absinthe et le moût; 12 v°, 13 r° ومن امثالهم; 13 v° السيف واما اوصافه فكثيرة جدّا وانا اورد فى ذلك ما يحضرنيه حفظى, passage servant d'introduction à une monographie sur la synonymique des épées et sur les noms des épées célèbres ; 20 v° وسألتنى عن ابن نفيسة الاموى الداعى الى نفسه بدمشق فهى نفيسة بنت عبيد الله بن العبّاس بن علىّ بن ابى طالب (d'autres passages introduits de même par وسألتنى عن aux fol. 21 v° ; 32 r° ; 43 r° ; 44 r° ; 62 v° ; 63 v°) ; 40 r° ومن الامثال القحطانيّة ; 41 v° ومن كلام هذيل ; 76 r° الخمر comme titre de chapitre. Que ceux qui voudront faire une enquête sur l'identité de ce manuscrit soient encore informés que l'auteur y nomme au fol. 24 v° هشام بن عروة, au fol. 34 v° le ḳâḍî Aboû 'l-'Abbâs As-Sa'îdî. La fin manque. Commencement : الحمد لله ربّ العالمين وصلواته على نبيّه محمّد واله اجمعين. شعر

احقّا عباد الله ان لستُ لاقيا بُثَينةَ او يلقى الثريّا رقيبها

Papier. Écriture Asiatique. 85 feuillets. 21 lignes par page. Sans date. (Cas. 749.)

754

Manuscrit sans commencement ni fin, appartenant, ainsi que je l'ai annoncé (I, p. 351 et 524), au même volume que le manuscrit 522, qui en est la continuation. C'est également un long fragment des خطب ابن نباتة « Homélies d'Ibn Nobâta », c'est-à-dire d'Aboû Yaḥyâ 'Abd ar-Raḥîm ibn Moḥammad ibn Ismâ'îl Ibn Nobâta Al-Khoudhâḳî Al-Fâriḳî, mort en 374 de l'Hégire (984 ap. J.-Ch.). Nombreuses prédications فى ذكر الموت (cf. Ahlwardt, *Verzeichniss*, III,

p. 437). Au fol. 42 v° خطبة اخرى يذكر فيها تصرّف الزمان والمعاد ويعرِّض فيها بوفاة ستّ الناس اخت الامير سيف الدولة ابى الحسن وكانت توفّيت سنة ٣٥٢. Sans date, écrit, comme le ms. 522, en 653 (1255).

Papier. Écriture Asiatique. 50 feuillets. 21 lignes par page. (Cas. 750.)

755

Titre dans la préface : كتاب قمع الحرص بالزهد والقناعه وردّ ذلّ السؤال بالكفّ والشفاعه « Livre intitulé : L'action de refréner l'âpreté par l'abstinence et par le contentement, et d'écarter la honte de la mendicité par l'abstention et par l'intercession. » L'auteur de ce traité en 40 chapitres, basé sur la tradition du Prophète pour proscrire la cupidité et la mendicité, est nommé dans l'exemplaire de Berlin (Ahlwardt, *Verzeichniss*, VII, p. 672) Moḥammad ibn Aḥmad ibn Abî Bakr Al-Anṣârî Al-Khazradjî Al-Andalousî Al-Ḳourṭoubî. Celui-ci mourut en 671 de l'Hégire (1272 ap. J.-Ch.) ; cf. ms. 741. Copie datée de 908 (1502). Commencement : الحمد لله العليّة كلمته الوفيّة عدّته..... جعلته اربعين بابا ضمّنت كلّ باب الحديث والحديثين والثلاثة الخ.

Papier. Écriture Asiatique. 78 feuillets. 15 lignes par page. (Cas. 751.)

756

Il manque environ un tiers en tête de ce volume, à juger d'après l'épaisseur de la reliure. L'auteur de ce livre sur le ṣoûfisme est nommé dans le passage suivant, au fol. 151 v° : اختم الكتاب بالقصيدة المسمّاة ختام نشر المحاسن والفخر الفائحة من نشر مسك الفقر فى مدح اهله ذوى الفواضل الفاضله وفى الدبّ عنهم والمناضله .قال خويدم خدّام السادات ملوك الفقر اولى السعادات عبد الله بن اسعد 'Afîf ad-Dîn Aboû Moḥammad (ou Aboû 's-sa'âdât) 'Abd Allâh ibn As'ad ibn 'Alî *Nazîl al-raḥamain* Al-Yamanî Al-Yâfi'î mourut à La Mecque en 768 de l'Hégire (1366 ap. J.-Ch.) ; cf. Wüstenfeld, *Die Geschichtschreiber*, p. 181 ; Rieu, *Supplement*, p. 284. Fol. 154 v°, Al-Yâfi'î parle de l'année 749 (1348) et cite au fol. 155 r° deux de ses ouvrages : 1° كتب الارشاد والتطريز (Ḥâdjî Khalîfa, I, p. 254 ; Ahlwardt, *Verzeichniss*, VII, p. 687-690); 2° روض الرياحين فى حكايات الصالحين (Ḥâdjî Khalîfa, III, p. 488 ; Slane, *Catalogue*, n°s 2040 et 2041). Quant à l'ouvrage contenu dans notre manuscrit, c'est probablement, d'après le passage cité plus haut, le نشر المحاسن العاليه فى فضل المشايخ اولى المقامات العاليه « La divulgation des beautés sublimes, sur la supériorité des schaikhs parvenus aux stations les plus élevées » ; cf. Ḥâdjî Khalifa, VI, p. 344 ; J. de Goeje, *Catalogus*, V, p. 299. Copie datée de 846 de l'Hégire (1442 ap. J.-Ch.) d'après une copie exécutée sous la surveillance de l'auteur (fol. 155 v°) par Moḥammad ibn Ḥoulla en 765 (1363).

Papier. Écriture Asiatique. 155 feuillets. 19 lignes par page. (Cas. 752.)

757

Manuscrit rogné jusqu'à la lettre, surtout à la marge inférieure et au côté gauche. Le commencement fait défaut.

C'est un traité du ṣoûfisme, composé dans la première moitié du VIIIe siècle de l'Hégire, du XIVe siècle de notre ère. L'auteur cite (fol. 164 v°) comme ses contemporains Tâdj ad-Dîn Ibn 'Aṭâ Allâh (cf. mss. 738 et 740, 1°), dont il donne (fol. 104 r°) la mort en 709 de l'Hégire (1309 ap. J.-Ch.); Nadjm ad-Dîn Al-Iṣfahânî (cf. Ḥâdjî Khalîfa, VI, p. 159; Ahlwardt, *Verzeichniss*, VII, p. 691 ; peut-être aussi J. de Goeje, *Catalogus*, V, p. 52); Aboû Bakr As-Sirâdjî, Aboû Moḥammad Ad-Dalâṣî. Au fol. 133 r°, il parle de son maître (سيّدي) Aboû 'Abd Allâh Ibn Fouḍail. Parmi ses autorités, j'ai noté encore au fol. 1 r° le schaikh Makîn ad-Dîn Al-Asmar, au fol. 113 v° Aboû Bakr Al-Baznarî (cf. ms. 1866).

Papier. Écriture Asiatique. 173 feuillets. 14 lignes par page. (Cas. 752.)

758

Fragments de plusieurs ouvrages relatifs à la prière et à l'emploi liturgique de diverses sourates du Coran. En dehors du premier morceau, le reste est si mal écrit, l'encre est si effacée que le déchiffrement serait pénible pour qui le tenterait. Autant que j'ai pu le constater, le contenu ne mérite pas de tels efforts. A la fin, un morceau anonyme sur la magie et les lettres magiques.

Papier. Écriture Magrébine. 157 feuillets. 28 lignes au début par page; grande irrégularité dans ce qui suit, écrit par diverses mains. Sans date. (Cas. 754.)

759

Titre à la tranche inférieure : الصادح والباغم « Le coq qui chante et la gazelle qui gémit. » Ce recueil de fables et d'apologues en vers *radjaz* a pour auteur Aboù Ya'là Moḥammad ibn Moḥammad Ibn Al-Habbâriyya Al-'Abbâsî, mort vers 504 de l'Hégire (1110 ap. J.-Ch.). Autres exemplaires, mss. 474, 1°; 555. Le commencement manque. Copie datée de 683 (1284). Cet ouvrage a été imprimé au Caire en 1292 (1875).

Papier. Écriture Asiatique. 68 feuillets. 13 lignes par page. (Cas. 755.)

In-octavo

760

Titre : كتاب اداب الفلاسفة لحمد بن علي بن ابرهيم بن احمد بن محمد الانصارى « Livre intitulé : Les aphorismes des philosophes, par Moḥammad ibn 'Alî ibn Ibrâhîm ibn Aḥmad ibn Moḥammad Al-Anṣârî. » Ce titre justifie les doutes d'August Müller, qui, sans en avoir eu connaissance, contesta l'attribution de ce recueil à Aboù Zaid Ḥonain ibn Isḥâḳ; cf. A. Müller, *Ueber einige arabische Sentenzensammlungen*, dans la *Zeitschrift d. deutschen morg. Gesellschaft*, XXXI (1877), p. 525-526. Ce résultat négatif s'appuyait sur l'autopsie du manuscrit incomplet de Munich (n° 651; cf. Aumer, *Die arabischen Handschriften*, p. 286-289). Le traducteur des extraits des philosophes grecs cités,

Socrate, Platon, Aristote, est incontestablement Aboû Zaid Ḥonain ibn Isḥâḳ [Al-ʿAbâdî], cité plusieurs fois par l'auteur comme son autorité. Mais la partie du livre relative à la vie et à la légende d'Alexandre porte l'empreinte d'une origine musulmane, qui se concilie mal avec le christianisme de Ḥonain. C'est ce que j'ai essayé de démontrer dans une notice intitulée : *Les traducteurs arabes d'auteurs grecs et l'auteur musulman des Aphorismes des philosophes*, insérée dans les *Mélanges de littérature et d'histoire grecques*, publiés le 26 août 1898 pour les quatre-vingts ans de M. Henri Weil.

L'éclat de la renommée de Ḥonain Ibn Isḥâḳ a rejeté dans l'ombre l'écrivain musulman, dont le nom ne figure pas dans le manuscrit acéphale de Munich et n'a été conservé que dans notre exemplaire. Nous savons seulement qu'il vivait au plus tard dans le VIe siècle de l'Hégire, puisque le manuscrit, soigneusement vocalisé, est daté de 594 (1198). Bien que le contraire ait été supposé, le manuscrit de l'Escurial contient tout ce qui concerne la légende d'Alexandre. Le dernier chapitre se rapporte, comme dans le volume de Munich, aux اداب فلاسفة الجنّ وما نطقوا بـه بين يدى سليمن بن داود...... من الحكمة. A la fin, on lit : وجدت فى اخر الكتاب المنتسخ منه هذا الكتاب تمّ الكتب (*sic*) بحمد الله من اخبار اليهود. Commencement : هذه نوادر الفاظ الفلاسفة الحكما واداب المعلّمين القدما الذين اصّلوا الحكمة وفرعوها واذاعوها فى عالمهم الخ.

Papier. Écriture Magrébine. 66 feuillets. 17 lignes par page. (Cas. 756.)

761

1° Titre : كتاب سلوان المطاع فى عدوان الاتباع لابن ظفر, l'auteur étant nommé au fol. 1 v° Moḥammad ibn Abî Moḥammad ibn Moḥammad Ibn Ṭhafar. Autres exemplaires de cette seconde édition, mss. 528 ; 713. Copie datée de 941 de l'Hégire (1534 ap. J.-Ch.).

2° (Fol. 109). Titre : كتاب تفليس ابليس للشيخ عز الدين عبد السلام المقدسى. Autre exemplaire, ms. 739, 5°. Copie datée de 936 (1529).

Papier. 136 feuillets. 15 lignes par page, de deux mains différentes. (Cas. 757.)

762

1° Titre à la tranche inférieure : التجريد فى التوحيد للغزالى « Le détachement dans le monothéisme, par Al-Gazâlî. » Autre exemplaire dans le ms. 1566, 1° (Casiri, 1561, 1°). L'auteur n'est pas Aboû Ḥâmid Moḥammad ibn Moḥammad Aṭ-Ṭoûsî Al-Gazâlî (mss. 631 ; 707, 3° ; 715 ; 731 ; 732, 1° ; 763, 1° ; 1130, 12°), mais son frère Schihâb ad-Dîn Aboû 'l-Foutoûḥ Aḥmad ibn Moḥammad ibn Moḥammad Aṭ-Ṭoûsî Al-Gazâlî, mort en 520 de l'Hégire (1126 ap. J.-Ch.). Sur celui-ci, voir ms. 731. Le commencement manque, mais sans trop grande lacune. Sans date, écrit de la même main que 2° et 3°.

2° (Fol. 25). Titre : هذا كتاب الاصطلاحات لمولا[نا] ..... كمال

الملّة والحقّ والدين عبد الرزّاق بن جمال الدين ابى الغنائم القاشانى « Ceci est le livre intitulé : Les idiotismes, par [notre] maître..... Kamâl ad-Dîn ʿAbd ar-Razzâḳ ibn Djamâl ad-Dîn Aboû 'l-Ganâ'im Al-Ḳâschânî. » Monographie en deux parties (قسم), dont la première classée par ordre alphabétique (على ترتيب حروف البجد) des mots expliqués, sur les termes techniques employés par les ṣoûfîs. A la fin, gloses en lettres hébraïques dans 6 suppléments, dont le premier seul subsiste. L'auteur, ʿAbd ar-Razzâḳ, mort en 730 de l'Hégire (1330 ap. J.-Ch.) avait dédié son livre à Guiyâth ad-Dîn Moḥammad ibn Raschîd ad-Dîn Faḍl Allâh ibn Abî 'l-Khair. Copie sans date, de la même main que 1° et 3°. M. A. Sprenger a publié le texte arabe à Calcutta en 1845. Commencement : الحمد لله الذى نجّانا من مباحث العلوم الرسميّة بالمنّ والافضال الخ.

3° (Fol. 89). Titre : هذه عقيدة سيّدنا..... محيى الدين ابن عربى « Ceci est la profession de foi de notre maître..... Mouḥyî ad-Dîn Ibn [Al-]ʿArabî. » Sur lui, voir mss. 417; 418; 636, 13°; 731; etc. Copie sans date, de la même main que 1° et 2°. Commencement : يا اخوانى ويا احبابى..... أشهدكم انى عبد ضعيف مسكين الخ.

4° (Fol. 105). Titre : النور الوامض فى السؤال الغامض لمعرفة البرازخ المقتدى بها من المشايخ لسيّدنا..... برهان الدنيا والدين الاقصرائى الشاذلى المواهبى « La lumière rapide sur la question obscure relative à la connaissance des espaces occupés entre la mort et la résurrection, d'après ce qu'ont enseigné les schaikhs, par notre maître..... Bourhân ad-Dîn Al-Aḳṣarâ'î Asch-Schâdhilî Al-Mawâhibî. » L'auteur, identique avec le commentateur des Apophtegmes d'Ibn 'Aṭâ Allâh (mss. 738; 740, 1°; 763, 1°) dans le ms. 890 de Gotha (Pertsch, *Die arabischen Handschriften*, II, p. 170), ainsi que dans les mss. 8694 et 8695 de Berlin (Ahlwardt, *Verzeichniss*, VII, p. 608 et 609), est appelé dans la préface Ibrâhîm ibn Maḥmoûd Al-Aḳṣarâ'î Al-Ḥanafî Asch-Schâdhilî Al-Mawâhibî (cf. ms. 780, 1°). Nous y apprenons aussi qu'il a composé cet opuscule ṣoûfî en dhoû 'l-ḥidjdja 899 de l'Hégire (septembre 1494 ap. J.-Ch.); cf. Ḥâdjî Khalîfa, III, p. 83. Commencement : الحمد لله المنزّه عن الكميّة الخ.

5° (Fol. 110). Titre : كتاب الروض الانيق فى الوعظ الرشيق للشيخ..... المقدسى « Livre intitulé : Le jardin délicieux sur l'avertissement décoché, par le schaikh..... Al-Maḳdisî (ou Al-Mouḳaddasî). » L'auteur de cet opuscule parénétique est nommé dans la préface 'Izz ad-Dîn 'Abd as-Salâm ibn..... Schihâb ad-Dîn Aboû 'l-'Abbâs Aḥmad ibn..... Aḥmad ibn Gânim Al-Maḳdisî (ou Al-Mouḳaddasî) (cf. mss. 530, 2°; 739, 2° et 5°). Commencement : اعلم ان الله تعالى من شرفاته بخلقه ولطفه بعباده الخ.

6° (Fol. 123 v°). Fragment ṣoûfî, dont l'auteur est nommé Al-Djounaid, c'est-à-dire Al-Djounaid Al-Bagdâdhî Al-Ḥanafî, mort, d'après Ḥâdjî Khalîfa, VI, p. 90, en 786 de l'Hégire (1384 ap. J.-Ch.). Commencement : قال الجنيد عقدت يوما مجلس الذكر الخ.

7° (Fol. 127 v°). Fragment sur le dogme monothéiste,

commençant par : فصل فى التوحيد سبحان من عرج بقلوب العارفين الى سدرة منتهى المعارف الخ.

Papier. Écriture Asiatique. 140 feuillets. 15 lignes par page dans 1°-3° et dans 5°-7° ; 19 lignes par page dans 4°. Sans date. (Cas. 758.)

763

1° Titre : كتاب مدخل السلوك الى منازل الملوك تصنيف..... ابى عبد الله محمد بن محمد بن محمد الغزالى الطوسى. Malgré la différence de la *kounya*, c'est le célèbre philosophe Aboû Ḥâmid Moḥammad Al-Gazâlî. Autre exemplaire, ms. 732, 1°.

2° (Fol. 31). Titre : كتاب الحكم والاداب لابن عطاى (*sic*) الله الاسكندرى « Livre intitulé : Les Apophtegmes et les instructions, par Ibn ʿAṭâ Allâh Al-Iskandarî. » L'auteur est nommé en tête Tâdj ad-Dîn Aboû 'l-Faḍl Aḥmad Ibn ʿAṭâ Allâh Al-Iskandarî Asch-Schâdhilî. Autres exemplaires, mss. 786; 788, 21°; commentaires dans les mss. 738; 740, 1°; 776. Commencement : من علامة الاعتماد على العمل الخ.

3° (Fol. 47). Titre : كتاب سرّ الاسرار فى كشف الانوار تأليف..... احمد بن محمد بن محمد الطوسى الغزالى « Livre intitulé : Le secret des secrets pour dévoiler les lumières, œuvre de..... Aḥmad ibn Moḥammad ibn Moḥammad Aṭ-Ṭoûsî Al-Gazâlî. » L'auteur est le frère d'Aboû Ḥâmid Moḥammad Al-Gazâlî, frère dont nous avons parlé à propos des mss. 731; 762, 1°. Commencement de cet écrit ṣoûfî : الحمد لله حقّ حمده..... لمّا كان الارتقاء من حضيض البشريّه الى فنن الرحمانيّه الخ.

4° (Fol. 61). Titre : كتاب الرسالة اللدنيّة للامام حجّة الاسلام الغزالى « Livre contenant la dissertation sur les connaissances innées, par Ḥodjdjat al-Islâm Al-Gazâlî. » L'auteur de cet opuscule sur la connaissance mystique d'Allâh est Aboû Ḥâmid Moḥammad Al-Gazâlî (voir 1°). Commencement : الحمد لله الذى زيّن قلوب خواصّ عبيده بنور الولايه وربّى ارواحهم بحسن العنايه الخ.

5° (Fol. 75). Titre : الرسالة البغداذيّة للامام..... ابى الحسن الششترى « La dissertation Bagdâdhienne, par Aboû 'l-Ḥasan Asch-Schouschtarî. » Sur Aboû 'l-Ḥasan ʿAlî Asch-Schouschtarî An-Noumairî Al-Fâsî, connu surtout comme poète mystique, voir le ms. 278. Commencement : السلام على من عرف الحقّ فانصفه الخ.

Papier. 79 feuillets. 19 lignes par page dans 1°, 3° et 4° ; 17 dans 2° ; 21 dans 5°. Sans date. (Cas. 759.)

764

Titre : كتاب القول البديع فى فضل الصلاة والسلام على الحبيب الشفيع صلّعم..... تصنيف..... شمس الملّة والدين هو ابو عبد الله محمّد السخاوى « Livre intitulé : La parole élégante sur l'excellence de la prière et du salut sur le bien-aimé, l'intercesseur (que la prière et le salut d'Allâh soient sur lui !)..... œuvre de..... Schams ad-Dîn, qui est Aboû ʿAbd Allâh Moḥammad As-Sakhâwî. » L'auteur de cette monographie sur la *taṣliya* (cf. mss. 744; 768; 774), composée en 860 de l'Hégire (1456 ap. J.-Ch.), d'après une note du fol. 239 r° (cf. Catalogue du Caire, II, p. 209), est nommé plus exactement dans cette même note Aboû 'l-Khair Moḥammad ibn 'Abd ar-Raḥmân As-Sakhâwî Al-Miṣrî Asch-Schâfi'î Al-Athîrî. Ḥâdjî Khalîfa (IV, p. 582), a eu sous les yeux une seconde édition de ramaḍân 861 (août 1457) ; de même l'exemplaire de Berlin (Ahlwardt, *Verzeichniss*, III, p. 426). Schams ad-Dîn As-Sakhâwî mourut en 902 (1496). Copie datée de 870 (1465). Commencement : الحمد لله الذى شرّف قدر سيّدنا محمّد الرسول الكريم الخ.

Papier. Écriture Asiatique. 240 feuillets. 21 lignes par page. (Cas. 760.)

765

Titre : كتاب القول التام فى فضل الرمى بالسهام تصنيف..... شمس الدين السخاوى الشافعى ابقاه الله تعالى « Livre intitulé : La parole parfaite sur l'excellence dans l'art de décocher les flèches, œuvre de..... Schams ad-Dîn As-Sakhâwî Asch-Schâfi'î (qu'Allâh le Tout-Puissant le maintienne en vie !). » Et, en effet, l'exemplaire a été transcrit du vivant de l'auteur (cf. ms. 764) en 875 de l'Hégire (1470 ap. J.-Ch.). Ḥâdjî Khalîfa, qui cite le titre de cet ouvrage (IV, p. 583), en ignore l'auteur. Commencement : الحمد لله رامى العدوّ بالسهم العربى الخ.

Papier. Écriture Asiatique. 123 feuillets. 15 lignes par page. (Cas. 761.)

766

Titre : كتاب روح الارواح تأليف..... جمال الدين ابو (*sic*) الفرج عبد الرحمن بن علىّ بن الجوزى « Livre intitulé : Le repos des âmes, œuvre de..... Djamâl ad-Dîn Aboû 'l-Faradj ʿAbd ar-Raḥmân ibn ʿAlî Ibn Al-Djauzî. » Sur l'auteur de cet ouvrage parénétique en 16 sections (فصل), cf. les mss. 389 ; 716 ; 717 ; etc. Copie datée de 818 de l'Hégire (1415 ap. J.-Ch.). Commencement : الحمد لله بارى النسم وجارى القلم الخ.

Papier. Écriture Asiatique. 64 feuillets. 15 lignes par page. (Cas. 762.)

767

Titre : كتاب الشهاب فى الامثال والاداب من منتخب الحديث جمع ابى عبد الله محمد بن سلامة بن جعفر القضاعى « Livre intitulé : La flamme sur les proverbes et les instructions, choix fait dans la tradition, compilation d'Aboû ʿAbd Allâh Moḥammad ibn Salâma ibn Djaʿfar Al-Ḳouḍâʿî. » C'est un autre exemplaire du texte que nous avons rencontré sous le nom de شهاب الاخبار dans le ms. 736 ; cf. les mss. 722, 2° ; 752 ; 1487, 2°. Manuscrit sans date, mais très ancien, vocalisé et qui paraît être du VIe siècle de l'Hégire. Commencement : الحمد لله القادر الفرد الحكيم الخ.

Parchemin. Écriture Magrébine. 20 feuillets. 17 lignes par page. (Cas. 763.)

768

1° Titre : كتاب فيه سبعون حديثا فى فضل الصلاة على النبىّ صلّعم وعلى اله وصحبه « Livre contenant 70 traditions sur l'excellence de la prière sur le Prophète (que la prière et le salut d'Allâh soient sur lui !), sur sa famille et sur ses compagnons. » Sur les avantages de la *taṣliya*, cf. mss. 744; 764; 774. A la suite, d'autres opuscules sur la prière et sur la religion, dont j'ignore également l'auteur. Copie datée de 882 de l'Hégire (1477 ap. J.-Ch.). Commencement : الحمد لله الذى خلق من الماء المهين انسانا الخ.

2° (Fol. 100). Extraits relatifs à la prière, à la foi et aux légendes musulmanes, avec des emprunts au زهر الكمام « La fleur des calices », histoire du patriarche Joseph, par Aboû ʿAlî ʿOmar ibn Ibrâhîm Al-Ausî Al-Anṣârî Al-Mâlikî; au زهر الربيع « La fleur du printemps », abrégé du ربيع الابرار de Djâr Allâh Maḥmoûd Az-Zamakhschari (cf. mss. 60; 61; 176-178; etc.), par Aboû Ḥâmid Moḥammad ibn Khalîl Al-Maḳdisî (ou Al-Mouḳaddasî) Asch-Schâfiʿî, identique avec Ibn Al-Ḳabâḳibî, qui mourut en 849 (1445) d'après M. Ahlwardt, *Verzeichniss*, I, p. 265; VII, p. 339, etc.

3° (Fol. 160). Série de huit leçons religieuses (مواعيد), dont le compilateur est appelé en tête de la huitième Mouḥibb ad-Dîn Ibn Al-Ḥasan Aṣ-Ṣafadî. Peut-être cet auteur inconnu a-t-il composé également les sept autres. Voici les titres de chaque leçon religieuse (ميعاد) : 1° فى لا اله الّا الله

في الموت وفي اخر السّنة 3° ; في الموت والدنيا 2° ; وفي الصلوة على النبيّ ; 4° في الربيع ; 5° في التقوى ; 6° في الموت ; 7° في شهر المحرّم ; 8° في الدنيا.

Papier. Écriture Asiatique. 232 feuillets. 15 lignes par page dans 1°, 31 dans 2°, 13 dans 3°. 2° et 3° sans date. (Cas. 764.)

769

1° Titre dans la préface : ملخّص الجامع البهىّ « Abrégé du Recueil brillant. » L'auteur, abréviateur de son propre Recueil, est nommé en tête Aboû 'l-Karam 'Abd as-Salâm ibn Moḥammad ibn Al-Ḥasan ibn 'Alî An-Nidhrisḳânî (النِّنْذرسقانى, si ma copie est exacte). Opuscule en 33 chapitres sur les invocations adressées au Prophète. Copie sans date, mais écrite, d'après une note au fol. 1 r°, avant 929 de l'Hégire (1523 ap. J.-Ch.). Commencement : ..... الحمد لله اما بعد حمد الله..... فقد التمس منى فرقة من خلّانى..... ان الخّص لهم كتاب الاول (*sic*) الموسوم بالجامع البهىّ..... فجمعت فى كتابى هذا دعوات الرسول الخ.

2° (Fol. 38). Commencement : باب فى مسائل كتاب الاستحسان وهذا الباب يشتمل على ستة فصول « Chapitre des questions soulevées par le Livre de l'approbation, et ce chapitre comprend six sections. » Ces six sections correspondent sans doute aux six chapitres sur les convenances sociales, énumérés dans Slane, *Catalogue*, p. 262, à propos du manuscrit de Paris 1374, 2°. Ḥâdjî Khalîfa, V, p. 39-40, nomme l'auteur du

Livre de l'approbation Aboû Soufyân Ar-Râzî. Sans date, de la même main que 1°.

Papier. Écriture Asiatique. 48 feuillets. 13 lignes par page. (Cas. 765.)

770

Titre : كتاب مراقى الجنان بالسخاء وقضاء حوائج الخوان وادراك السعود بالكرم والجود تأليف كاتب هذه الاحرف.... يوسف بن حسن بن عبد الهادى المقدسى الحنبلى « Livre intitulé : Les degrés qui conduisent au Paradis par la générosité et par l'accomplissement des obligations de la fraternité et l'art d'atteindre le bonheur par la libéralité et la bonté, œuvre de celui qui écrit ces lettres..... Yoûsouf ibn Ḥasan Ibn ʿAbd al-Hâdî Al-Maḳdisî (ou Al-Mouḳaddasî) Al-Ḥanbalî. » Et, en effet, le manuscrit est un autographe de l'auteur, qui ne l'a pas daté. Le manuscrit est de la seconde moitié du IXe siècle de l'Hégire, Djamâl ad-Dîn Aboû 'l-Maḥâsin Yoûsouf étant mort vers 880 (1475 ap. J.-Ch.); cf. Wüstenfeld, *Die Geschichtschreiber der Araber*, p. 223. Commencement : الحمد لله مسبغ الاحسان..... نبذة فى السماحة الخ.

Papier. Écriture Asiatique. 110 feuillets. 19 lignes par page. (Cas. 766.)

771

1° Titre : كتاب كوكب الاشباح ومشكاة (ms. ومشكواة) الارواح الى علم الفلاح وطرق النجاح لسيّدنا..... شهاب الدين الرملى المالكى « Livre intitulé : L'astre des corps et la lumière des âmes, vers la science de la sainteté et les voies de la félicité, par notre maître..... Schihâb ad-Dîn Ar-Ramlî Al-Mâlikî. » Le nom de l'auteur est donné plus complètement à la fin : Aḥmad ibn Aḥmad ibn Moḥammad Ar-Ramlî Al-Mâlikî Al-Moḥammadî Aṣ-Ṣoûfî Al-Madyanî Al-Marṣafî (الرملى بلدا المالكى مذهبا المحمّدى مشرعا الصوفى طريقة المدينى قدوة المرصفى مشربا). Cet ouvrage sur la science des plus beaux noms d'Allâh (فى علم الاسماء الحسنى), divisé en 12 questions (مطلب), a été composé en 943 de l'Hégire (1536 ap. J.-Ch.). La copie, sans date, doit être à peine postérieure à la composition. Commencement : الحمد لله الذى نوّر ظلمات الاشباح بدرارىّ اسماء صفاته الخ.

2° (Fol. 168). Titre : المقامة المسكيّة للامام..... الجلال السيوطى « La séance du musc, par Djalâl ad-Dîn As-Soyoûṭî. » Sur les 29 séances de Djalâl ad-Dîn 'Abd ar-Raḥmân As-Soyoûṭî, voir mss. 535 et 564. La séance du musc est la 11e d'après Ḥâdjî Khalîfa, VI, p. 55 ; elle est aussi appelée à la fin مقامة الطيب « La séance du parfum suave. » Sans date, de la même main que 1°.

Papier. Écriture Asiatique. 177 feuillets. 15 lignes par page. (Cas. 767.)

772

1° Titre : الرسالة الموضحة فى ذكر سرقات ابى الطيّب المتنبّى وساقط شعره من كلام ابى علىّ محمّد بن الحسن الحاتمى الكاتب « La dissertation intitulée : Celle qui éclaire l'histoire des larcins d'Aboû 'ṭ-Ṭayyib Al-Moutanabbî et le peu de valeur de sa poésie, d'après la parole d'Aboû ʿAlî Moḥammad ibn Al-Ḥasan Al-Ḥâtimî, le secrétaire. » Cette attaque contre la probité littéraire et contre le talent du poète Aboû 'ṭ-Ṭayyib Aḥmad ibn Al-Ḥousain Al-Moutanabbî, assassiné en 354 de l'Hégire (965 ap. J.-Ch.), a été composée avant 388 (998), date de la mort de son auteur, que Ḥâdjî Khalîfa, III, p. 312, appelle encore Al-Bagdâdhî, et qui est, au commencement de notre texte, désigné non seulement comme le secrétaire, mais encore comme le linguiste (اللغوى). Autre ouvrage analogue dans le manuscrit 470, 1° ; cf. aussi Ath-Thaʿâlibî dans Fr. Dieterici, *Mutanabbi und Seifuddaula*, p. 38-62 ; ainsi que les mss. 272 ; 306, 1° ; 307-309 ; 394. Al-Ḥâtimî suppose un entretien entre lui et Al-Moutanabbî, auquel il aurait reproché en face ses plagiats et ses fautes. Copie datée de 717 (1317). Commencement : الحمد لله..... وبعد..... ان معانى الاداب وان كانت عاطلة الاطلال مستحيلة الحال الخ.

2° (Fol. 87). Titre : سرقات ابى نواس صنعة مهلهل بن يموت بن مزرّع ارسلها الى حمزة بن الحسن الاصفهانى « Les larcins d'Aboû Nouwâs, ouvrage de Mouhalhil ibn Yamoût ibn Mouzarriʿ, qu'il adressa à Ḥamza ibn Al-Ḥasan Al-Iṣfahânî. » Al-Ḥasan ibn Hânî, dit Aboû Nouwâs, mourut à Bagdâdh en 195 de l'Hégire (810 ap. J.-Ch.) ; Mouhalhil ibn Yamoût vivait encore en 332 (943), d'après Hammer, *Literaturgeschichte der Araber*, IV, p. 709 ; Aboû 'l-Faradj Ḥamza Al-Iṣfahânî mourut avant 360 (970). Celui-ci, le célèbre historien, avait publié une édition du *dîwân* d'Aboû Nouwâs ;

cf. Rosen, *Notices sommaires*, p. 211 ; Ahlwardt, *Verzeichniss*, VI, p. 551. La critique de Mouhalhil est adressée par lui à l'éditeur du *dîwân*. Copie datée de 710 (1310). Commencement : اما بعد ادام الله فی ارغد العيش الخ.

3° (Fol. 106). Titre dans le titre général : المخاطبة التى جرت بين الزجّاج وثعلب فى كتاب الفصيح « L'entretien qui eut lieu entre Az-Zadjdjâdj et Tha'lab au sujet du Livre intitulé : La langue pure. » Cet opuscule grammatical (mss. 30, 2° ; 177; 178) est attribué précisément à Aboû 'l-'Abbâs Aḥmad ibn Yaḥyâ Al-Koûfî, surnommé Ath-Tha'lab, mort en 291 de l'Hégire (904 ap. J.-Ch.) ; cf. ms. 778. Quant à Az-Zadjdjâdj, ce surnom désigne Aboû Isḥâḳ Ibrâhîm ibn Moḥammad ibn As-Sarî, le disciple d'Al-Moubarrad, mort en 310 ou 311 (921 ou 922), le professeur d'Az-Zadjdjâdjî, dénommé d'après lui (cf. mss. 30, 1°; 31; 108, 1°; 109; etc.). La critique d'Az-Zadjdjâdj contre certaines assertions de la Langue pure est publiée par le célèbre lexicographe Aboû Manṣoûr Mauhoûb Al-Djawâlîḳî (cf. 5° et ms. 124), mort en 539 (1144). Sans date, mais écrit en 710 (1310), avec 2°, 4°-6°. Commencement : قال الشيخ ابو منصور موهوب بن احمد بن محمد بن الخضر رّه مخاطبة جرت بين ابى العبّاس احمد بن يحيى وبين ابى اسحق ابرهيم بن السرى الزجّاج ردّ فيها عليه مواضع من كتاب الفصيح الخ.

4° (Fol. 111 v°). Titre : كتاب الاغراب فى جدل الاعراب تاليف.... عبد الرحمن بن محمد ابى سعيد الانبارى « Livre intitulé : La nouveauté sur la dialectique des Arabes, œuvre de 'Abd ar-Raḥmân ibn Moḥammad Abî Sa'îd Al-Anbârî. » Traité des topiques en 12 paragraphes (فصل), dont l'auteur mourut en 577 de l'Hégire (1181 ap. J.-Ch.). L'ouvrage, qu'il cite dans son introduction, a été décrit sous le n° 119. Copie datée de 710 (1310); cf. 2°, 3°, 5°, 6°. Commencement : الحمد لله مسبّب الاسباب..... وبعد فان جماعة من الاصحاب اقتضونى بعد تلخيص كتاب الانصاف فى مسائل الخلاف بتلخيص كتاب فى جدل الاعراب الخ.

5° (Fol. 119 v°). Titre dans le titre général : حواشى ابى محمّد عبد الله بن برّى على المعرّب للجواليقى « Gloses d'Aboû Moḥammad 'Abd Allâh Ibn Barrî sur Ce qui a été arabisé, par Al-Djawâlîḳî. » Ces critiques et ces additions très intéressantes se rapportent à l'ouvrage contenu dans le ms. 124, qui est appelé dans la préface : كتاب ما عرّبته العرب من الكلام الاعجمىّ وغيره. L'auteur de ce supplément est encore nommé en tête Al-Maḳdisî (ou Al-Mouḳaddasî) le grammairien (النحوى). Le philologue Ibn Barrî mourut en 582 de l'Hégire (1186 ap. J.-Ch.) ; cf. 6° et mss. 493 ; 585. Copie sans date, faite avec le reste en 710 (1310).

6° (Fol. 153 v°). Titre dans le titre général : منافسات ابن الخشّاب للحريرى فى المقامات وذبّ ابن برّى عنه « Discussions d'Ibn Al-Khaschschâb au sujet d'Al-Ḥarîrî dans les Séances, et sa défense par Ibn Barrî. » Ibn Al-Khaschschâb, le censeur d'Al-Ḥarîrî, est nommé en tête de la réfutation d'Ibn Barrî (voir 5°) Aboû Moḥammad 'Abd Allâh ibn Aḥmad ibn Aḥmad ibn Aḥmad Al-Khaschschâb, le linguiste, le grammairien (اللغوى النحوى). Il mourut à Bagdâdh en 567 de l'Hégire (1171 ap. J.-Ch.). Copie sans date, de 710 (1310). La fin manque. Commencement : انبانى..... ابو محمّد عبد الله..... فيما كتب لى قال الحمد لله مستحقّ حمده..... وبعد فهذه حروف وقعت فى المقامات التى انشأها ابو محمّد القسم بن على الحريرى البصرى ينكرها العالمون بالعربيّة بما تنطق به مصنّفاتهم وتتّفق به مؤلّفاتهم نبّه عليها..... عبد الله المعروف بابن الخشّاب البغداذى الخ.

Papier. Écriture Asiatique. 182 feuillets. 16 à 18 lignes par page dans 1°; 18 dans 2°; 19 dans 3°-6°. (Cas. 768.)

773

1° Titre et nom d'auteur dans la préface : معيد النعم ومبيد النقم « Celui qui ramène les faveurs divines et qui anéantit les châtiments », par Tâdj ad-Dîn 'Abd al-Wahhâb ibn..... Abî 'l-Ḥasan 'Alî As-Soubkî. Traité de morale pratique, dont l'auteur mourut en 771 de l'Hégire (1369 ap. J.-Ch.). Copie datée de 889 (1484), date qui s'applique au manuscrit entier, écrit de la même main. Commencement : اما بعد حمد الله معيد النعم ومبيد النقم الخ.

2° (Fol. 97). Prière d'un ṣoûfî, composée en 764 (1362) au Caire par Tâdj ad-Dîn Aboû Naṣr 'Abd al-Wahhâb [As-Soubkî], publiée par Tâdj ad-Dîn Al-Malîḥî.

3° (Fol. 101). Invocations appuyées sur des témoignages solides (ادعية مأثورة) qui ont été trouvées dans l'autographe du schaikh Tâdj ad-Dîn 'Abd al-Wahhâb ibn As-Soubkî, à la fin de ses الطبقات الكبرى « La grande rédaction des Classes », c'est-à-dire des طبقات الشافعيّة « Classes des Schâfi'ites ». Un premier volume de cette grande rédaction est conservé dans le ms. 1669 (Cas. 1664). Petite collection de prières en prose et en vers.

Papier. Écriture Asiatique. 112 feuillets. 15 lignes par page. (Cas. 769).

774

Titre : كتاب الفخر المنير فى الصلاة على البشر النذير تأليف..... سراج الدين ابى جعفر عمر بن علىّ اللخمى الفاكهانى « Livre intitulé : La gloire qui éclaire au sujet de la prière sur l'homme apôtre, œuvre de..... Sirâdj ad-Dîn Aboû Dja'far 'Omar ibn 'Alî Al-Lakhmi Al-Fâkihânî. » Celui-ci mourut en 731 de l'Hégire (1330 ap. J.-Ch.) d'après Ḥâdjî Khalîfa, III, p. 358, et Pertsch, *Die arabischen Handschriften*, I, p. 301. Opuscule sur la *taṣliya* en 12 chapitres ; cf. mss. 744 ; 764 ; 768. Copie datée de 847 (1443). Commencement : الحمد لله الذى هدانا للاسلام الخ.

Papier. Écriture Asiatique. 77 feuillets. 19 lignes par page. (Cas. 770.)

775

Titre : كتاب الاعانة فى الحقّ لمن ولى شيئا من امور الخلق تأليف..... محمّد بن ابى بكر بن علىّ الشطّى « Livre intitulé : Le secours pour le droit de celui qui administre une des choses humaines, œuvre de..... Moḥammad ibn Abî Bakr ibn 'Alî Asch-Schaṭṭî. » Abrégé d'un traité de politique, intitulé : كتاب الوظائف المعروفه للمناقب الموصوفه « Les conditions bien connues pour les mérites décrits », composé pour Al-Malik Al-Mou'izz par Al-Khiḍr ibn Abî Bakr ibn Aḥmad. Telles sont les données fournies par la préface. Al-Malik Al-Mou'izz, pour qui l'ouvrage original fut rédigé, me parait être Fatḥ ad-Dîn Aboû 'l-Fidâ Ismâ'îl, fils de Saif al-Islâm Ṭogtakîn et neveu de Saladin. Ce prince, qui gouverna le Yémen après son père, y fut assassiné en 598 ou 599 de l'Hégire (1202 ou 1203 ap. J.-Ch.) ; cf. Ibn Khallikân, *Biographical Dictionary*, I, p. 656 ; Aboû 'l-Fidâ, dans *Hist. or. des Croisades*, I, p. 80. Titre et dédicace différents dans Ḥâdjî Khalîfa, VI, p. 449-450, qui paraît cependant avoir en vue le même ouvrage. La date de 650 (1252) se rapporte-t-elle à la composition de l'abrégé ou à la copie ? C'est ce que je ne saurais dire. Commencement : الحمد لله مالك الملك الخ.

Papier. Écriture Asiatique. 92 feuillets. 15 lignes par page. (Cas. 771.)

776

Titre : كتاب مفتاح الفضائل والنعم فى الكلام على بعض ما يتعلّق بالحكم تأليف..... احمد بن احمد بن محمّد بن عيسى البرنسى عرف بزرّوق « Livre intitulé : La clef des supériorités et des beautés dans la parole relative à certains points qui se rattachent aux Apophtegmes, œuvre de..... Aḥmad ibn Aḥmad ibn Moḥammad ibn 'Îsâ Al-Bournousî, connu sous le nom de Zarroûḳ. » Commentaire sur الحكم العطائيّة « Les Apophtegmes d'Ibn ʿAṭâ Allâh », autre que celui du même auteur, qui se trouve dans le ms. 738. Texte dans les mss. 763, 2°; 786; 788, 21°; autre commentaire dans le ms. 740, 1°. Copie datée de 887 de l'Hégire (1482 ap. J.-Ch.). Commencement : الحمد لله حمد معترف بالعجز عن احصاء حمده الخ.

Papier. Écriture Magrébine. 156 feuillets. 24 lignes par page. (Cas. 772.)

777

Titre : كتاب جامع سبل الخيرات تأليف..... ابى الحسين يحيى بن نجاح « Livre intitulé : Recueil des voies des bonnes actions, œuvre de..... Aboû 'l-Ḥosain Yaḥyâ ibn Nadjâḥ. » L'auteur de ces avertissements et de ces fines observations dans 175 chapitres est nommé par Ḥâdjî Khalîfa, III, p. 580, Aboû 'l-Ḥosain Yaḥyâ ibn Nadjâḥ Ibn Al-Fallâs Al-Ḳourṭoubî Al-Oumawî, mort en 422 de l'Hégire (1031 ap. J.-Ch.); cf. Ibn Baschkouwâl, *Aṣ-Ṣila* (éd. Codera), p. 603-604; Yâḳoût, *Mouʿdjam* (éd. Wüstenfeld), III, p. 327; Hammer, *Literaturgeschichte der Araber*, V, p. 338. Manuscrit daté de 735 (1334).

Papier. Écriture Asiatique. 355 feuillets. 14 lignes par page. (Cas. 773.)

778

Titre : كتاب مجموع فى علم البلاغة « Livre intitulé : Recueil sur la science de la rhétorique. » Au bas du fol. 1 r°, on lit : نقل جميع هذا كما وجده فى خطّ الامام ابن جنّى رهٓ العبد..... محمّد بن

(ms. البحاس) ابراهيم بن النحاس « Tout ceci a été copié par le serviteur d'Allâh..... Moḥammad ibn Ibrâhîm Ibn An-Naḥḥâs, comme il l'a trouvé dans l'autographe de l'imâm Ibn Djinnî. » Aboû 'l-Fatḥ 'Othmân Ibn Djinnî naquit à Mauṣil avant 330 de l'Hégire (941 ap. J.-Ch.) et mourut à Bagdâdh en 392 (1002); cf. mss. 307; 309; 312; 442, 4°. Quant à Bahâ 'd-Dîn Aboû 'Abd Allâh Moḥammad ibn Ibrâhîm Ibn An-Naḥḥâs Al-Ḥalabî, il écrivit cet exemplaire à Alep en 657 (1259). Il mourut en 698 (1298) d'après Ḥâdjî Khalîfa, IV, p. 548; VI, p. 88. Ce recueil de notes diverses et d'extraits est de nouveau appelé المجموع « Le recueil » dans la souscription (fol. 71 v°). C'étaient sans doute des *excerpta* qu'Ibn Djinnî avait réunis, pour son usage personnel, sans les rédiger et sans vouloir les publier sous cette forme. Il débute par 37 définitions (حدود), la dernière étant consacrée aux licences poétiques. Viennent ensuite: Fol. 26 r° معان وفوائد عن احمد بن يحيي ابى العبّاس (c'est-à-dire, d'après Ath-Tha'lab; cf. ms. 772, 3°); fol. 42 v° قرأت على ابى محمد الايجى..... جميع ما فى هذه الكراسة الى البلاغ (il s'agit du grammairien Aboû Moḥammad 'Abd Allâh ibn Moḥammad Al-Îdjî, un ami et un disciple d'Ibn Doraid, d'après Yâḳoût, *Mou'djam*, I, p. 415); fol. 43 r° ما حرّرته من شعر تأبط شرّا ثابت بن جابر بن سفيان وعملته على اختصار (fragments du dîwân du poète antéislamique Ta'abbaṭa Scharran). A la fin, une série de questions linguistiques (مسألة), avec réponses. Manuscrit substitué à Casiri, 774, avec lequel il n'a aucun rapport. Commencement : حدود الكتاب سبعة وثلاثون بعد الخطبة واخرها اخر باب ضرورة الشاعر الخ.

Papier. Écriture Asiatique. 71 feuillets. 19 lignes par page. (Substitué à Cas. 774.)

779

Titre à la tranche inférieure et dans la préface (fol. 2 r°): الفوائد والصلاة والعوائد « Les enseignements utiles, la prière et les pratiques ». Ce livre contient 100 talismans, formules et carrés magiques, des prières, des explications du Coran et de la tradition. L'auteur, qui n'est pas nommé, serait, d'après Ḥâdjî Khalîfa, IV, p. 482, Schihâb ad-Dîn Aḥmad ibn Aḥmad ibn ʿAbd al-Laṭîf Asch-Schardjî Az-Zabîdî Al-Ḥanafî, mort en 898 de l'Hégire (1492 ap. J.-Ch.); voir de même dans le Catalogue du Caire, II, p. 207-208; V, p. 349 (cinq exemplaires). Les deux manuscrits de la Bibliothèque nationale de Paris, 765 et 955, 2°, attribuent cet ouvrage à Aboû 'l-Ḥasan ʿAlî Al-ʿAlawî, le second ajoutant Al-Yamanî. Copie datée de 975 de l'Hégire (1567 ap. J.-Ch.). Ce livre a été imprimé au Caire en 1297 (1880). Commencement : الحمد لله ربّ العالمين بجميع محامده الخ.

Papier. Écriture Asiatique. 146 feuillets. 19 lignes par page. (Cas. 775.)

780

1° On lit à la fin (fol. 54 r°) : كمل مفتاح الفلاح ومصباح الارواح فى ذكر الله الكريم الفتاح « Voici la fin de La clef de la félicité et le flambeau des âmes, dans les oraisons à Allâh le très noble, qui ouvre les portes de la miséricorde. » Le commencement manque. L'auteur est, d'après Ḥâdjî Khalîfa, VI, p. 27 et 28, Tâdj ad-Dîn Aḥmad ibn Moḥammad Ibn ʿAṭâ Allâh Al-Iskandarî, mort en 709 de l'Hégire (1309 ap. J.-Ch.) ; cf. les mss. 738 ; 740, 1° ; 763, 2° ; 776. A la suite (fol. 57 v°) un avertissement (تذكرة), par Bourhân ad-Dîn Aboû 'ṭ-Ṭayyib [Ibrâhîm] ibn Noûr ad-Dîn Maḥmoûd ibn Schihâb ad-Dîn Aḥmad Al-Aḳṣarâ'î Al-Mawâhibî Asch-Schâdhilî Al-Ḥanafî. Cf. ms. 762, 4°. Sans date, mais écrit en 889 de l'Hégire (1484 ap. J.-Ch.) comme tout le manuscrit. Commencement de la *tadhkira* : الحمد لله وكفى الخ.

2° (Fol. 62 r°). Titre : رسالة حكم الاشراق الى كلّ الصوفيّة بجميع الافاق للشيخ ..... ابو (*sic*) المواهب صفى الدين محمد الشاذلى المالكى « Opuscule intitulé : Les maximes de l'orient, adressées à tous les ṣoûfîs dans l'ensemble des contrées, par le schaikh ..... Aboû 'l-Mawâhib Ṣafî ad-Dîn Moḥammad Asch-Schâdhili le Mâlikite. » L'auteur, qui avait eu pour disciple Aboû 'ṭ-Ṭayyib Ibrâhîm Al-Aḳṣarâ'î, appelé d'après lui Al-Mawâhibî (cf. 1°), vivait donc dans la seconde moitié du IXe siècle de l'Hégire, dans la seconde moitié du XVe siècle ap. J.-Ch. ; son nom est donné plus complètement dans l'introduction : Moḥammad ibn Aḥmad ibn Moḥammad At-Toûnisî Asch-Schâdhili Al-Wafâ'î Al-Mâlikî, généralement appelé (المدعو) Aboû 'l-Mawâhib. 14 règles (قانون). De là le titre habituel : رسالة قوانين حكم الاشراق الخ ; cf. J. de Goeje, *Catalogus*, V, p. 33 ; Pertsch, *Die arabischen*

Handschriften, II, p. 183 ; Ahlwardt, *Verzeichniss*, III, p. 93, d'après lequel l'auteur mourut en 882 (1477) ; Catalogue du Caire, II, p. 103. Copie datée de 889 (1484). Commencement : الحمد لله الحكيم العليم الرؤف الرحيم الخ.

3° (Fol. 122 v°). Titre et nom d'auteur en tête : .....قال ابو الحسن علىّ بن ابى عبد الله محمّد بن وفاء رضه فى كتاب المسامع « Abou 'l-Ḥasan 'Alî ibn Abî 'Abd Allâh Moḥammad Ibn Wafâ..... a dit dans le Livre des traditions directes. » Il s'agit du كتاب المسامع الربّانيّة « Livre des traditions directes sur Allâh », par 'Alî Wafâ ibn Moḥammad Ibn Wafâ Al-Iskandarî Asch-Schâdhilî Al-Mâlikî, mort en 807 de l'Hégire (1404 ap. J.-Ch.) ; cf. le Catalogue du Caire, II, p. 135. Même date est donnée dans Ḥâdjî Khalîfa, II, p. 251, et dans Rieu, *Catalogus*, p. 296 et 799. Commencement : الحمد لله وحده اذا كانت مراتب العبوديّه كلّها شواهد الربوبيّه الخ.

4° (Fol. 180 v°). Après la doxologie, on lit : هذا المنزل الاوّل من منازل الطلسم الثالث وهو واحد من ثلاثة عشر قال تلميذ جعفر الصادق الخ. Abou 'Abd Allâh Dja'far Aṣ-Ṣâdiḳ ibn Moḥammad Al-Bâḳir, descendant d'Ali et l'un des douze imâms schî'ites, mourut à Médine en 148 de l'Hégire (765 ap. J.-Ch.). L'élève de Dja'far est peut-être le fameux alchimiste Geber, c'est-à-dire Abou Moûsa (ou Abou 'Abd Allâh) Djâbir ibn Ḥayyân Aṭ-Ṭarsoûsî Al Koûfî. Copie datée de 889 (1484), date qui vaut pour tout le manuscrit. Commencement : الحمد لله محكم العقل الراسخ الخ.

Papier. Écriture Asiatique. 202 feuillets. 21 à 22 lignes par page. (Cas. 776.)

781

Dans la description du manuscrit 541, j'ai annoncé le contenu de ce volume : il renferme un exemplaire incomplet du كتاب التمثّل والمحاضرة « Livre intitulé : L'application des proverbes et la citation opportune », par Aboû Ismâ'îl 'Abd al-Malik ibn Manṣoûr Ath-Tha'âlibî, mort en 430 de l'Hégire (1038 ap. J.-Ch.). Le premier feuillet manque, mais le titre de l'ouvrage est donné au fol. 3 v°, en tête de la première section : فى المدخل والانموذج. Dans la préface (fol. 2 v°) se trouve une allusion au titre, lorsque l'auteur dit avoir composé un كتاب فى التمثّل والمحاضرة. La fin manque, le manuscrit s'arrêtant au milieu de la 3e partie de la section 4e et dernière فى ذكر المقابح ومساوى الاخلاق (voir I, p. 373). Sans date. En 1880, deux feuillets de ce volume se trouvaient dans la liasse cotée 1926.

Papier. Écriture Magrébine. 118 feuillets. 17 lignes par page. (Cas. 777.)

782

Fragment de l'anthologie poétique, dont un exemplaire complet, moins le premier feuillet, se trouve dans le manuscrit 360. L'auteur, Madjd al-Moulk Aboû 'l-Faḍl Dja'far Ibn Schams al-Khilâfa, mourut en 622 de l'Hégire (1225 ap. J.-Ch.) ; cf. aussi le ms. 724.

Papier. Écriture Asiatique. 73 feuillets. 15 lignes par page. (Cas. 778.)

783

A la tranche supérieure, je crois lire, par comparaison avec Ḥâdjî Khalîfa, V, p. 512 : كتاب مساوى الاخلاق « Livre intitulé : Les fautes des caractères. » L'auteur ce livre ṣoûfî sur les traditions relatives aux châtiments des péchés serait donc Aboû Bakr Moḥammad ibn Dja'far Al-Kharâ'iṭî As-Sâmarrî, qui mourut en 327 de l'Hégire (939 ap. J.-Ch.). Cette date est précisément donnée avec le nom de l'auteur au fol. 141 r°. Livre divisé en très nombreux paragraphes (فصل) sans titres et sans indications de sujets. Grande analogie avec un autre ouvrage du même genre et du même auteur, décrit par W. Pertsch, *Die arabischen Handschriften*, I, p. 484-485. Le commencement manque. Voici la fin : فنسئل الله العظيم ربّ العرش ان يجعلنا ممّن اثر حبّه على هواه وابتغى بذلك قربه وهواه. Copie datée de 862 de l'Hégire (1458 ap. J.-Ch.).

Papier. Écriture Asiatique. 141 feuillets. 21 lignes par page. (Cas. 779.)

784

Recueil de prières pour les diverses circonstances de la vie musulmane, sans nom et sans mention d'auteur. Commencement et fin manquent.

Papier. Écriture Magrébine. 77 feuillets. 20 lignes par page. Sans date. (Cas. 780.)

785

Manuscrit persan contenant un recueil d'enseignements sur la morale et la piété en 40 chapitres énumérés au fol. 9 v°-10 r°. Ce sont les اخلاق محسنی « Traité de morale, écrit pour Mouḥsin » par Ḥosain ibn ʿAlî Al-Kâschifî, surnommé Al-Wâʿiṭh Al-Harawî (le prédicateur de Hérat) en 900 de l'Hégire (1494 ap. J.-Ch.). Quant à Mouḥsin, c'est, d'après Ḥâdjî Khalîfa, I, p. 204, le prince Mîrza Mouḥsin ibn Ḥosain ibn Baiḳarâ. Cet ouvrage a été plusieurs fois publié et traduit à Hertford, en Angleterre, ou à Calcutta ; voir Zenker, *Bibliotheca orientalis*, I, p. 165 ; II, p. 82-83 ; Aumer, *Die persischen Handschriften*, p. 63. M. Garcin de Tassy a donné une Notice du traité persan sur les vertus (Paris, 1837). Copie datée de 900 (1494), date de la composition. Commencement : حضرت پادشاه علی الاطلاق الخ.

Papier. Écriture *nastaʿlîk*. 328 feuillets. 10 lignes par page. (Cas. 781.)

786

Très bel exemplaire, écrit avec le plus grand soin et vocalisé du الحكم العطائيّة « Les Apophtegmes d'Ibn ʿAṭâ Allâh. » L'auteur est nommé en tête Tâdj ad-Dîn Aboû 'l-Faḍl Aḥmad ibn Moḥammad ibn ʿAbd al-Karîm Ibn ʿAṭâ Allâh. Autres exemplaires, mss. 763, 2° ; 788, 21°. Notes marginales. Copie faite à La Mecque en 947 de l'Hégire (1540 ap. J.-Ch.).

Papier. Écriture Asiatique. 47 feuillets. 10 lignes par page. (Cas. 782.)

787

Titre : كتاب حادى القلوب الى لقاء المحبوب تصنيف..... ناصر الدين بن الملق « Livre intitulé : Le stimulant des cœurs vers la rencontre avec le bien-aimé, œuvre de..... Nâṣir ad-Dîn ibn al-Milaḳ. » L'auteur est nommé plus complètement dans le Catalogue du Caire, II, p. 79, le ḳâḍî des ḳâḍîs au Caire Nâṣir ad-Dîn Aboû 'l-Ma'âlî Moḥammad ibn 'Abd ad-Dâ'im ibn Moḥammad ibn Salâma, connu sous le nom d'Ibn al-Milaḳ Asch-Schâfi'î Asch-Schâdhilî Al-Miṣrî, né en 731 de l'Hégire (1330 ap. J.-Ch.), mort en 797 (1394). L'objet de cet ouvrage ṣoûfî est « la préparation des hommes à soutenir courageusement la rencontre avec les armées de la mort ». Copie datée de 990 (1582). Commencement : الحمد لله مقدّر الموت على العباد الخ.

Papier. Écriture Asiatique. 94 feuillets. 13 lignes par page. (Cas. 783.)

788

Le manuscrit 788 (Cas. 784) ayant été substitué au manuscrit 707 (Cas. 704), le manuscrit, que nous allons décrire sous la cote 788, est celui qui portait le n° 1560 (Cas. 1555). Voir I, p. XXI et 507. Le volume, tout entier d'une même main, est, à plusieurs reprises, daté de 811 et de 812 de l'Hégire (1408 et 1409 ap. J.-Ch.). Voici l'énumération des parties dont il se compose :

1° Titre dans le titre général : القواعد لعياض « Les fondements de la foi, par 'Iyâḍ », c'est-à-dire, d'après un titre particulier, 'Iyâḍ ibn Moûsâ ibn 'Iyâḍ. Ajoutez : Aboû 'l-Faḍl Al-Yaḥṣoubî As-Sabtî et la date de sa mort en 544 de l'Hégire (1149 ap. J.-Ch.). Commencement : الحمد لله الذى لا ينبغى الحمد الّا له الخ.

2° (Fol. 16). Titre : ..... كتاب مجموع الدرر المسمّى بالمختصر تأليف خليل بن اسحق بن يعقوب المالكى المصرى الشهير بابن الجندى « Livre intitulé : Le recueil des perles, nommé aussi L'abrégé, œuvre de..... Khalîl ibn Isḥâḳ ibn Ya'ḳoûb Al-Mâlikî Al-Miṣrî, connu sous le nom d'Ibn Al-Djoundî. » Précis de droit mâlikite, dont l'auteur mourut en 767 de l'Hégire (1365 ap. J.-Ch.). Ce petit traité a été publié par Richebé pour la Société asiatique de Paris en 1855 sous le titre de *Sidi Khalil, Précis de jurisprudence musulmane.* Citons encore les traductions de Perron (Paris, 1848-1855) et de Seignette (Constantine, 1878), ainsi que les Concordances de M. Fagnan (Alger, 1889). Commencement : الحمد لله حمدا يوافى ما تزايد من النعم الخ.

3° (Fol. 76 v°). Titre : فرائض التلمسانى « Les héritages, par At-Tilimsânî. » Je suppose qu'At-Tilimsânî désigne 'Afîf ad-Dîn Soulaimân ibn 'Alî ibn 'Abd Allâh Aṣ-Ṣoûfî At-Tilimsânî, mort en 690 de l'Hégire (1291 ap. J.-Ch.). Premier vers de ce poème en vers *radjaz* :

الحمد لله القديم الباقى   الخالق المقتدر الرزّاق

4° (Fol. 83). Titre dans le titre général : ابن الحاجب الاصلى « Ibn Al-Ḥâdjib, l'auteur des *Ouṣoûl* (Principes). » L'auteur est nommé en tête Djamâl ad-Dîn Aboû ʿAmr ʿOthmân ibn Abî Bakr Al-Mâlikî, connu sous le nom d'Ibn Al-Ḥâdjib. Il mourut en 646 de l'Hégire (1248 ap. J.-Ch.). Nous avons rencontré ses traités grammaticaux, la *Kâfiya* et la *Schâfiya*; cf. mss. 3; 17-21; etc. Nous avons ici la rédaction abrégée par lui-même de son منتهى السؤال والامل فى علمى الاصول والجدل « Le point culminant du vœu et de l'espérance, sur les deux sciences des principes et de l'argumentation. » Cette rédaction est désignée comme مختصر ابن الحاجب « L'abrégé d'Ibn Al-Ḥâdjib » ou comme مختصر المنتهى « L'abrégé du Point culminant » ; cf. Ḥâdjî Khalîfa, V, p. 441 ; VI, p. 170-171, et surtout le ms. 705. Commencement : الحمد لله ربّ العالمين ..... اما بعد فانى ..... صنّفت مختصرا فى اصول الفقه ثمّ اختصرته الخ.

5° (Fol. 118 v°). On lit à la fin (fol. 134 v°) : نجز تلخيص المفتاح تصنيف الامام جلال الدين ابى عبد الله القزوينى الشافعى خطيب دمشق. Cf. les mss. 211 ; 227, 1° ; 232, 2° ; 248, 13° ; etc.

6° (Fol. 135 v°) Titre dans le titre général : الشاطبيّتان « Les deux Schâṭibites », c'est-à-dire les deux poèmes sur la lecture et les sept lecteurs du Coran, composés par Aboû Moḥammad Al-Ḳâsim ibn Fîrrouh (فيرّه = Fierro) ibn Abî 'l-Ḳâsim Khalaf ibn Aḥmad Ar-Rouʿainî Asch-Schâṭibî. Celui-ci mourut en 590 de l'Hégire (1194 ap. J.-Ch.). Les deux poèmes ont été publiés au Caire en 1282 (1865) et 1288 (1871). Le premier est connu sous le nom de القصيدة الرائيّة « Le poème rimant en *râ* », ou de عقيلة اتراب القصائد فى

أسنى المقاصد « La perle précieuse des amateurs de poésies sur le but le plus élevé. » Sur ce poème, voir Sacy, dans les *Mémoires de l'Académie des Inscriptions*, L, p. 320 et suiv. et p. 419 ; aussi dans les *Notices et Extraits*, VIII, p. 342 et suiv. ; Nöldeke, *Geschichte des Qorâns*, p. 337. Le deuxième, en tête duquel l'auteur est nommé Aboû 'l-Ḳâsim ibn Fîrrouh Ar-Rou'ainî Asch-Schâṭibî (cf. sur les variantes de son nom et sur celle-ci Ibn Khallikân, *Biographical Dictionary*, II, p. 501 ; Ahlwardt, *Verzeichniss*, I, p. 190 ; Slane, *Catalogue*, p. 609 ; Rieu, *Supplement*, p. 49-50) est celui qui est intitulé : حرز الامانى ووجه التهانى « L'amulette des souhaits et le mode des félicitations. » Sur ce poème, voir Sacy, dans *Notices et Extraits*, VIII, p. 334, et Nöldeke, *Geschichte des Qorâns*, p. 338. L'auteur y a mis en vers le manuel التيسير فى القراءات السبع « L'art de faciliter la connaissance des sept lectures », par Aboû 'Amr 'Othmân ibn Sa'îd Ad-Dânî, mort à Denia en 444 (1052). Voir sous le n° 65 un commentaire sur ce dernier ouvrage, dont le texte paraît être dans les mss. 1387 et 1388 (Cas. 1382 et 1383) ; pour le second poème, cf. les mss. 1335 ; 1370, 1° ; 1406, 1° (Cas. 1330 ; 1365, 1° ; 1401, 1°).

7° (Fol. 150 v°). Titre dans la souscription : تمّ قطر الندى (ms. الندا) وبلّ الصدى (ms. الصدا) تأليف..... ابى محمّد عبد الله بن يوسف بن هشام المصرى. Sur cet opuscule grammatical et sur son auteur, voir ms. 47, 1°. Commencement : الكلمة اسم مفرد وهى اسم وفعل وحرف فامّا الاسم فيعرف بال كالرجل الخ.

8° (Fol. 154 v°). Titre dans la préface : الاعراب عن قواعد

الاعراب. Auteur nommé en tête, identique à celui de 7° : Djamâl ad-Dîn Aboû Moḥammad ʿAbd Allâh ibn Yoûsouf Ibn Hischâm Al-Anṣârî Al-Miṣrî Al-Ḥanbalî. Autres exemplaires de ce traité grammatical, mss. 101, 2° ; 143, 3° ; commentaire dans le ms. 101, 3°.

9° (Fol. 159 v°). A la fin (fol. 167 v°), on lit : كملت الفية الشيخ ابى عبد الله محمد بن ملك. Texte de l'*Alfiyya* d'Ibn Mâlik. Cf. les mss. 92, 2° ; 135 ; 248, 8° ; etc.

10° (Fol. 168 v°). Titre dans le titre général : عروض ابن السقّاط « La métrique, par Ibn As-Saḳḳâṭ. » C'est ainsi qu'est désigné Aboû ʿAbd Allâh Moḥammad ibn ʿAlî ibn Khâlid, l'auteur de cet opuscule sur la métrique. Cf. les mss. 288, 2° et 3° ; 330, 2° et 5° ; 396, 1° et 2° ; 410, 3°.

11° (Fol. 174 v°). L'auteur est nommé en tête Ḍiyâ ad-Dîn Aboû Moḥammad ʿAbd Allâh Al-Ḳhazradjî. Nous avons ici le célèbre poème sur la métrique, dont nous avons signalé des exemplaires et des commentaires sous les cotes 186, 2° ; 330, 4° ; 332-334. Il est connu sous les titres de القصيدة الخزرجيّة ou encore de الرامزة.

12° (Fol. 179 v°). Titre dans le titre général : رجز ابن سينا فى الطبّ « Poème en vers *radjaz* d'Ibn Sînâ sur la médecine. » La littérature relative à ce poème d'Avicenne est donnée dans Pertsch, *Die arabischen Handschriften*, IV, p. 66 ; Steinschneider, *Die hebræischen Uebersetzungen*, p. 697-698. Premier vers :

الحمد لله العلىّ الماجد ربّ السماوات المليك الواحد

13° (Fol. 191 v°). Titre dans le titre général : رجز ابن عزرون « Poème en vers *radjaz*, par Ibn ʿAzroûn. » L'auteur de ce poème sur certaines fièvres (فى ضروب الحميات) est appelé dans un exemplaire (ms. 831, 2° = seconde moitié de Cas. 826) Hâroûn ibn Isḥâḳ Ibn ʿAzroûn. Le ms. 338, 4°, de Madrid ajoute en tête Aboû Moûsâ (Robles, *Catálogo*, p. 147). Le manuscrit de Leyde 829 attribue cet opuscule à un médecin juif espagnol, qui l'aurait écrit en vers comme complément au poème médical d'Ibn Sînâ; voir P. de Jong et J. de Goeje, *Catalogus*, III, p. 242, où la doxologie en vers est publiée comme de la prose. Rieu, *Catalogus*, p. 408, décrit un exemplaire anonyme conservé au Musée Britannique sous la cote 893, 4°. Voir aussi Steinschneider, *Die hebrœischen Uebersetzungen*, p. 699. Premier vers :

الحمد لله العلىّ القادر   الدائم الفرد الحكيم الفاطر

14° (Fol. 193 v°). Titre : فصول عامّة طبّيّة من كلام ابى بكر الرازى من كتابه المسمّى بالجامع للعلم والعمل « Paragraphes sur les généralités de la médecine, par Aboû Bakr Ar-Râzî dans son livre intitulé : L'encyclopédie, en vue de la théorie et de la pratique. » Extraits du grand ouvrage d'Aboû Bakr Moḥammad ibn Zakariyâ Ar-Râzî, mort vers 320 de l'Hégire (932 ap. J.-Ch.). Commencement : القوّة للعليل كالزاد والمرض كالطريق الخ.

15° (Fol. 197 r°). Titre dans le titre général : فصول حنين [فى] اشربة وادوية مختارة « Paragraphes de Ḥonain sur des potions et des remèdes de choix. » L'auteur est Aboû Bakr Ḥonain ibn Isḥâḳ Al-ʿAbâdî, mort en 260 de l'Hégire (874 ap. J.-Ch.) ; cf. le ms. 760.

16° (Fol. 203 v°). Titre : قانون لفصل الشمس والقمر واوقات الليل والنهار لابى العبّاس بن سينا « Règle de la division du soleil et de la lune, ainsi que des heures du jour et de la nuit, par Aboû 'l-ʿAbbâs Ibn Sînâ. » Pour ce qui est de l'auteur, cf. 12°, en remarquant qu'il est appelé cette fois Aboû 'l-ʿAbbâs au lieu de la *kounya* habituelle Aboû ʿAlî. Commencement : اعلم ان فصول السنة اربعة فى هذا القانون الخ.

17° (Fol. 205 r°). Titre : رجز للعزفى ابى عبد الله فى مواقيت شهور العجم « Poème en vers *radjaz*, par Al-ʿAzafî Aboû ʿAbd Allâh, sur les temps des mois des Perses. » Premier vers :

القصد فى هذا النظام المحكم   اثبات ما تحوى شهور العجم

18° (Fol. 207 v°) Titre dans le titre général : تلخيص بن بنا فى الحساب « Abrégé d'Ibn [Al-]Bannâ sur l'arithmétique. » Voir le ms. 248, 11°.

19° (Fol. 212 v°). Titre dans le titre général : جمل الخونجى « Les propositions d'Al-Khoûnadjî. » Petit traité de logique, par Afḍal ad-Dîn Aboû ʿAbd Allâh Moḥammad ibn Nâmâwar ibn ʿAbd al-Malik Al-Khoûnadjî, mort en 646 de l'Hégire (1248 ap. J.-Ch.). Autre exemplaire de ce texte, ms. 653, 3° ; commentaires dans les mss. 614-617 ; 640; 647 ; 654 ; autre ouvrage du même auteur, ms. 667.

20° (Fol. 215 v°). Titre dans le titre général : البرهانيّة « L'écrit de Bourhân ad-Dîn. » L'auteur de cet opuscule, sous forme d'épitre, sur quelques points de la logique paraît être Bourhân ad-Dîn Moḥammad ibn Moḥammad ibn Moḥammad ibn ʿAbd Allâh An-Nasafî, mort vers 684 de l'Hégire (1285 ap. J.-Ch.). Commencement : الحمد لله ربّ العالمين..... اعلم وفّقك الله ان العالم عبارة عن كلّ موجود الخ.

21° (Fol. 217 v°). Texte de الحكم العطائيّة « Les Apophtegmes d'Ibn ʿAṭâ Allâh. » Autres exemplaires, mss. 763, 2° ; 786.

22° (Fol. 223 v°). Titre dans le titre général : الدعاء بالاسماء الحسنى لابن عبّاد « L'invocation par les noms d'Allâh les plus beaux, par Ibn ʿAbbâd. » L'auteur est Moḥammad ibn Ibrâhîm Ibn ʿAbbâd An-Naffazî Ar-Rondî ; voir sur lui le ms. 740. Autre prière du même genre dans le ms. 721, 2°.

23° (Fol. 225 v°). Titre : حزب البحر « La prière maritime », par Aboû 'l-Ḥasan [ʿAlî] Asch-Schâdhilî. Cf. les mss. 143, 2°; 236, 8° ; 745, 1°.

Papier. Écriture Magrébine. 226 feuillets. 31 lignes par page. (Substitué à Cas. 784.)

CHALON-SUR-SAÔNE IMP. FRANÇAISE ET ORIENTALE DE E. BERTRAND

www.ingramcontent.com/pod-product-compliance
Lightning Source LLC
Chambersburg PA
CBHW071112260626
47162CB00006B/2298
9782019200688